ΜΥΘΟΙ ΤΟΥ ΑΙΣΩΠΟΥ

〔古希臘文全譯本〕

伊 索 寓 言

伊索 ——著　王煥生 ——譯

ΑΙΣΩΠΟΥ

目錄

我們，其實都是伊索…………13　　前言………………………17

伊索寓言

鷹和狐狸………………………28

鷹、穴鳥和牧人………………30

鷹和黃金龜……………………30

夜鶯和雀鷹……………………31

負債人…………………………33

野山羊和牧人…………………33

貓和母雞………………………34

伊索在船塢裡…………………35

狐狸和山羊……………………35

狐狸和獅子……………………36

漁夫……………………………36

狐狸和豹………………………37

漁夫們…………………………38

狐狸和猴子……………………38

狐狸和葡萄……………………39

貓和公雞………………………39

失掉尾巴的狐狸………………40

漁夫和鰮魚……………………40

狐狸和荊棘……………………41

狐狸和鱷魚……………………41

漁夫……………………………42

狐狸和伐木人…………………42

公雞和松雞……………………44

肚脹的狐狸……………………44

翠鳥……………………………45

漁夫……………………………46

狐狸和面具……………………46

撒謊的人………………………47

燒炭人和漂布人………………48

沉船落難的人…………………48

頭髮斑白的人和情婦們………49

殺人凶手………………………49

好自我吹噓的五項運動員……50

許空願的人……………………50

人和羊人………………………51

好惡作劇的人…………………51

盲人……………………………52

農夫和狼………………………53

燕子和鳥類⋯⋯⋯⋯⋯⋯53　　行路人和熊⋯⋯⋯⋯⋯⋯68

占星師⋯⋯⋯⋯⋯⋯⋯⋯54　　年輕人和屠戶⋯⋯⋯⋯⋯70

狐狸和狗⋯⋯⋯⋯⋯⋯⋯55　　兩個行路人⋯⋯⋯⋯⋯⋯70

農夫和他的孩子們（之一）⋯55　　兩個仇人⋯⋯⋯⋯⋯⋯⋯71

兩隻青蛙⋯⋯⋯⋯⋯⋯⋯56　　兩隻青蛙⋯⋯⋯⋯⋯⋯⋯71

青蛙要國王⋯⋯⋯⋯⋯⋯56　　橡樹和蘆葦⋯⋯⋯⋯⋯⋯72

牛和車軸⋯⋯⋯⋯⋯⋯⋯57　　發現金獅子的膽小鬼⋯⋯72

北風和太陽⋯⋯⋯⋯⋯⋯57　　海豚和白楊魚⋯⋯⋯⋯⋯73

嘔吐內臟的小孩⋯⋯⋯⋯58　　養蜂人⋯⋯⋯⋯⋯⋯⋯73

未名鳥⋯⋯⋯⋯⋯⋯⋯⋯58　　海豚和猴子⋯⋯⋯⋯⋯⋯74

牧牛人⋯⋯⋯⋯⋯⋯⋯⋯59　　鹿和獅子（之一）⋯⋯⋯74

黃鼠狼和愛神⋯⋯⋯⋯⋯60　　鹿⋯⋯⋯⋯⋯⋯⋯⋯⋯75

農夫和蛇（之一）⋯⋯⋯60　　鹿和獅子（之二）⋯⋯⋯76

農夫和狗⋯⋯⋯⋯⋯⋯⋯61　　鹿和葡萄樹⋯⋯⋯⋯⋯⋯76

農夫和他的孩子們（之二）⋯61　　航海者⋯⋯⋯⋯⋯⋯⋯77

蝸牛⋯⋯⋯⋯⋯⋯⋯⋯⋯62　　貓和老鼠⋯⋯⋯⋯⋯⋯⋯77

女主人和女奴們⋯⋯⋯⋯62　　蒼蠅⋯⋯⋯⋯⋯⋯⋯⋯78

巫婆⋯⋯⋯⋯⋯⋯⋯⋯⋯63　　狐狸和猴子⋯⋯⋯⋯⋯⋯78

老太婆和醫生⋯⋯⋯⋯⋯63　　驢、公雞和獅子⋯⋯⋯⋯79

寡婦和母雞⋯⋯⋯⋯⋯⋯64　　猴子和駱駝⋯⋯⋯⋯⋯⋯79

黃鼠狼和銼刀⋯⋯⋯⋯⋯64　　兩隻糞金龜⋯⋯⋯⋯⋯⋯80

老人和死神⋯⋯⋯⋯⋯⋯65　　豬和羊⋯⋯⋯⋯⋯⋯⋯80

農夫和幸運女神⋯⋯⋯⋯65　　鷓鳥⋯⋯⋯⋯⋯⋯⋯⋯81

農夫和蛇（之二）⋯⋯⋯66　　生金蛋的雞⋯⋯⋯⋯⋯⋯81

演說家德馬德斯⋯⋯⋯⋯66　　赫爾墨斯和雕塑匠⋯⋯⋯82

被狗咬了的人⋯⋯⋯⋯⋯67　　赫爾墨斯和特瑞西阿斯⋯⋯82

旅途中的第歐根尼⋯⋯⋯67　　蝮蛇和水蛇⋯⋯⋯⋯⋯⋯83

狗和主人……84

兩隻狗……84

蝮蛇和銼刀……85

母親和她的女兒們……85

丈夫和妻子……86

蝮蛇和狐狸……86

小山羊和狼……86

狼和小山羊……87

賣神像的人……89

宙斯、普羅米修斯、
雅典娜和摩摩斯……89

穴鳥和鳥類……90

赫爾墨斯和地……91

赫爾墨斯……91

宙斯和阿波羅……92

馬、牛、狗和人……92

宙斯和烏龜……93

宙斯和狐狸……93

宙斯和人……94

宙斯和羞恥……94

守護神……95

赫拉克勒斯和普路托斯……95

螞蟻和蟬……96

金槍魚和海豚……97

醫生和病人……97

捕鳥人和眼鏡蛇……98

螃蟹和狐狸……98

駱駝和宙斯……99

河狸……99

種菜人……100

種菜人和狗……100

彈唱歌手……100

小偷和公雞……101

穴鳥和渡鴉……101

渡鴉和狐狸……102

冠鳥和渡鴉……102

穴鳥和狐狸……103

冠鳥和狗……103

渡鴉和蛇……103

穴鳥和鴿子……104

胃和腳……104

逃走的穴鳥……105

狗和廚師……105

獵狗和狐狸……106

銜肉的狗……106

狗和狼……107

飢餓的狗……108

獵狗和野兔……108

蚊子和公牛……108

核桃樹……109

駱駝……109

兔子和青蛙……109

海鷗和雀鷹……110

獅子和農夫（之一）……110

獅子和青蛙······111　　化緣僧······126

獅子和狐狸······112　　老鼠和黃鼠狼······127

獅子和公牛······112　　螞蟻······128

獅子和農夫（之二）······113　　螞蟻和鴿子······128

獅子和海豚······113　　蒼蠅······129

怕老鼠的獅子······114　　沉船落難的人和海······129

獅子和熊······114　　年輕的浪子和燕子······130

獅子和兔子······115　　病人和醫生······130

獅子、驢和狐狸······115　　蝙蝠、荊棘和潛水鳥······131

獅子和老鼠······116　　蝙蝠和黃鼠狼······131

獅子和驢······116　　樵夫和赫爾墨斯······132

強盜和桑樹······117　　行人和幸運女神······134

狼和羊（之一）······118　　行路人和梧桐樹······134

狼和馬······118　　行人和蝮蛇······134

狼和小羊······119　　行人和枯樹枝······135

狼和鷺鷥······121　　行人和赫爾墨斯······136

狼和山羊······121　　小豬和狐狸······136

狼和老太婆······122　　驢和園丁······137

狼和綿羊······122　　馱鹽的驢······137

狼和牧人······123　　驢和騾子（之一）······138

狼和羊（之二）······123　　馱神像的驢······138

獅子和狐狸······124　　野驢······139

狼和小山羊······124　　驢和蟬······139

兔子和狐狸······124　　驢和宙斯······140

賣卜者······125　　驢和趕驢人······140

嬰兒和渡鴉······125　　驢和狼（之一）······141

蜜蜂和宙斯······126　　驢和獅子皮······141

買驢……………………142

驢和青蛙……………………142

驢、渡鴉和狼……………………143

驢、狐狸和獅子……………………143

驢和騾子（之二）……………………144

捕鳥人和山雞……………………144

母雞和燕子……………………145

捕鳥人和冠雀……………………145

捕鳥人和鸛鳥……………………146

野鴿和家鴿……………………146

駱駝……………………147

蛇和蟹……………………147

蛇、黃鼠狼和老鼠……………………148

被踐踏的蛇……………………148

代存財物的人和霍爾科斯……148

捉蟋蟀的小孩……………………149

偷東西的小孩……………………150

口渴的鴿子……………………150

鴿子和烏鴉……………………151

猴子和漁夫……………………151

富人和鞣皮匠……………………152

富人和哭喪女……………………152

牧人和狗……………………153

牧人和大海……………………153

牧人和羊……………………154

牧人和小狼……………………154

好開玩笑的牧人……………………155

行路人和渡鴉……………………155

普羅米修斯和人……………………156

兩只口袋……………………156

游泳的小男孩……………………157

邁安德洛斯河邊的狐狸………157

被剪毛的綿羊……………………158

石榴樹、蘋果樹和荊棘……158

鼴鼠……………………158

黃蜂、鷓鴣和農夫……………159

黃蜂和蛇……………………159

蚯蚓和蟒蛇……………………160

野豬、馬和獵人……………………160

大樹和蘆葦……………………161

鬣狗……………………161

鬣狗和狐狸……………………161

公牛和野山羊……………………162

兩隻小猴……………………162

孔雀和穴鳥……………………163

蟬和狐狸……………………163

駱駝、大象和猴子……………164

天鵝……………………164

宙斯和蛇……………………165

孔雀和鶴……………………165

狗和豬……………………165

豬和狗……………………166

野豬和狐狸……………………166

愛錢的人……………………168

烏龜和兔子 …………………169
燕子和蛇 …………………169
鵝和鶴 …………………170
野驢和狼 …………………170
燕子和冠鳥 …………………171
烏龜和老鷹 …………………171
跳蚤和競技者 …………………171
鸚鵡和貓 …………………172
劈橡樹的人和橡樹 …………………173
松樹和荊棘 …………………173
人和同行的獅子 …………………173
狗和海螺 …………………174
兩隻公雞和鷹 …………………174
蚊子和獅子 …………………175
狗、狐狸和公雞 …………………175
獅子、狼和狐狸 …………………176
小牛和公牛 …………………177
冠雀 …………………177
驢和馬 …………………178
鷹 …………………178
黑人 …………………179
小鹿和鹿 …………………179
牧人和狼 …………………180
天鵝 …………………180
女人和酗酒的丈夫 …………………181
兒子、父親和畫中的獅子 …………181
河流和皮革 …………………182

射手和獅子 …………………183
禿子 …………………183
做客的狗 …………………184
摔破神像的人 …………………184
騾子 …………………185
馬和驢 …………………185
蚯蚓和狐狸 …………………186
生病的渡鴉 …………………187
號兵 …………………187
戰士和渡鴉 …………………187
蛇的尾巴和身體 …………………188
獅子、普羅米修斯和大象……188
樹木和油橄欖 …………………189
狼和狗 …………………190
驢和狗 …………………190
牆壁和木釘 …………………191
冬天和春天 …………………191
人和蠍蠣 …………………192
女人和農夫 …………………192
情人和女人 …………………193
小偷和旅店老闆 …………………194
青蛙和老鼠 …………………195
農夫和毛驢 …………………195
父親和女兒 …………………196
傻女兒和母親 …………………196
水手和兒子 …………………197
小狗和青蛙 …………………199

主人和船夫們⋯⋯⋯⋯⋯199　　農夫和狐狸⋯⋯⋯⋯⋯⋯210

貓和雞⋯⋯⋯⋯⋯⋯⋯⋯200　　渡鴉⋯⋯⋯⋯⋯⋯⋯⋯⋯210

庸醫⋯⋯⋯⋯⋯⋯⋯⋯⋯200　　河流和大海⋯⋯⋯⋯⋯⋯211

口渴的冠鳥⋯⋯⋯⋯⋯⋯201　　獵人和狼⋯⋯⋯⋯⋯⋯⋯211

老鼠和青蛙⋯⋯⋯⋯⋯⋯201　　公牛、母獅和獵人⋯⋯⋯212

病驢和狼⋯⋯⋯⋯⋯⋯⋯203　　狗和鐵匠們⋯⋯⋯⋯⋯⋯212

田鼠和家鼠⋯⋯⋯⋯⋯⋯203　　狐狸和獅子⋯⋯⋯⋯⋯⋯213

雀鷹和天鵝⋯⋯⋯⋯⋯⋯204　　狗和狐狸⋯⋯⋯⋯⋯⋯⋯213

捕鳥人和蟬⋯⋯⋯⋯⋯⋯204　　病鹿⋯⋯⋯⋯⋯⋯⋯⋯⋯213

牧人和山羊⋯⋯⋯⋯⋯⋯205　　小偷和狗⋯⋯⋯⋯⋯⋯⋯214

驢和狼（之二）⋯⋯⋯⋯205　　野驢和家驢⋯⋯⋯⋯⋯⋯214

小蟹和母蟹⋯⋯⋯⋯⋯⋯206　　人和種園人⋯⋯⋯⋯⋯⋯215

馬⋯⋯⋯⋯⋯⋯⋯⋯⋯⋯206　　狗和母狼⋯⋯⋯⋯⋯⋯⋯215

公牛和獅子⋯⋯⋯⋯⋯⋯207　　人、馬和小駒⋯⋯⋯⋯⋯215

小鹿和母鹿⋯⋯⋯⋯⋯⋯207　　人和庫克洛普斯⋯⋯⋯⋯216

狐狸和獅子⋯⋯⋯⋯⋯⋯208　　獵人和騎者⋯⋯⋯⋯⋯⋯217

油橄欖樹和無花果樹⋯⋯208　　狼和獅子⋯⋯⋯⋯⋯⋯⋯217

蜜蜂和牧人⋯⋯⋯⋯⋯⋯209　　年輕人和老婦⋯⋯⋯⋯⋯218

蛇和鷹⋯⋯⋯⋯⋯⋯⋯⋯209　　牧人和狼⋯⋯⋯⋯⋯⋯⋯218

葡萄樹和山羊⋯⋯⋯⋯⋯209

附錄一
《費德魯斯寓言》
（選譯）

〔代引言〕⋯⋯⋯⋯⋯⋯222　　請求有國王的青蛙⋯⋯⋯223

狼和小羊⋯⋯⋯⋯⋯⋯⋯223　　寒鴉和孔雀⋯⋯⋯⋯⋯⋯225

銜肉過河的狗⋯⋯⋯⋯⋯226
母牛、山羊、綿羊和獅子⋯⋯226
青蛙和太陽⋯⋯⋯⋯⋯⋯227
狐狸和悲劇面具⋯⋯⋯⋯⋯227
狼和鷺鷥⋯⋯⋯⋯⋯⋯⋯228
責備兔子的家雀⋯⋯⋯⋯⋯228
狼和狐狸受猴子審判⋯⋯⋯229
驢和獅子打獵⋯⋯⋯⋯⋯230
鹿在泉水邊⋯⋯⋯⋯⋯⋯230
狐狸和烏鴉⋯⋯⋯⋯⋯⋯231
冒名醫生⋯⋯⋯⋯⋯⋯⋯232
驢子和老牧人⋯⋯⋯⋯⋯233
綿羊、鹿和狼⋯⋯⋯⋯⋯233
綿羊、狗和狼⋯⋯⋯⋯⋯234
臨產的狗⋯⋯⋯⋯⋯⋯⋯234
飢餓的狗⋯⋯⋯⋯⋯⋯⋯235
年老的獅子、野豬、牛和驢⋯235
黃鼠狼和人⋯⋯⋯⋯⋯⋯236
忠心的狗⋯⋯⋯⋯⋯⋯⋯237
脹破自己的青蛙和牛⋯⋯⋯237
狗和鱷魚⋯⋯⋯⋯⋯⋯⋯238
狐狸和鸛鳥⋯⋯⋯⋯⋯⋯238
狐狸和老鷹⋯⋯⋯⋯⋯⋯239
害怕牛爭鬥的青蛙⋯⋯⋯⋯240
雀鷹和鴿子⋯⋯⋯⋯⋯⋯240
小公牛、獅子和獵人⋯⋯⋯241
人和狗⋯⋯⋯⋯⋯⋯⋯⋯242

老鷹、野貓和野豬⋯⋯⋯⋯242
老鷹和烏鴉⋯⋯⋯⋯⋯⋯244
兩隻騾子和強盜⋯⋯⋯⋯⋯244
鹿和牛⋯⋯⋯⋯⋯⋯⋯⋯245
老太婆和酒罈⋯⋯⋯⋯⋯246
雪豹和牧人⋯⋯⋯⋯⋯⋯247
伊索和農夫⋯⋯⋯⋯⋯⋯248
賣肉人和猴子⋯⋯⋯⋯⋯249
伊索和尋寶者⋯⋯⋯⋯⋯249
蒼蠅和騾子⋯⋯⋯⋯⋯⋯250
狼和狗⋯⋯⋯⋯⋯⋯⋯⋯251
姊妹和兄弟⋯⋯⋯⋯⋯⋯252
公雞和珍珠⋯⋯⋯⋯⋯⋯253
工蜂、雄蜂和黃蜂⋯⋯⋯⋯253
緊張和鬆弛⋯⋯⋯⋯⋯⋯254
蟬和貓頭鷹⋯⋯⋯⋯⋯⋯255
神明選樹⋯⋯⋯⋯⋯⋯⋯256
孔雀和朱諾⋯⋯⋯⋯⋯⋯257
伊索和饒舌者⋯⋯⋯⋯⋯257
驢和祭司⋯⋯⋯⋯⋯⋯⋯258
狐狸和葡萄⋯⋯⋯⋯⋯⋯259
馬和野豬⋯⋯⋯⋯⋯⋯⋯259
爬進鐵匠鋪的蝮蛇⋯⋯⋯⋯260
狐狸和山羊⋯⋯⋯⋯⋯⋯260
兩只口袋⋯⋯⋯⋯⋯⋯⋯261
財神⋯⋯⋯⋯⋯⋯⋯⋯⋯261
關於人類命運⋯⋯⋯⋯⋯262

傷害善心人的蛇 ⋯⋯⋯⋯⋯262　　獵狗、野豬和獵人 ⋯⋯⋯269
西莫尼德斯 ⋯⋯⋯⋯⋯⋯263　　伊索和作家 ⋯⋯⋯⋯⋯271
大山分娩 ⋯⋯⋯⋯⋯⋯⋯264　　驢和豎琴 ⋯⋯⋯⋯⋯⋯272
螞蟻和蒼蠅 ⋯⋯⋯⋯⋯⋯265　　兩個新郎 ⋯⋯⋯⋯⋯⋯272
行路人和強盜 ⋯⋯⋯⋯⋯266　　牧人和山羊 ⋯⋯⋯⋯⋯274
禿子和蒼蠅 ⋯⋯⋯⋯⋯⋯267　　蛇和蜥蜴 ⋯⋯⋯⋯⋯⋯274
丑角和村夫 ⋯⋯⋯⋯⋯⋯267　　雲雀和狐狸 ⋯⋯⋯⋯⋯274
公牛和牛犢 ⋯⋯⋯⋯⋯⋯269

附錄二
《巴布里烏斯寓言》
（選譯）

〔代引言〕⋯⋯⋯⋯⋯⋯278　　太陽結婚 ⋯⋯⋯⋯⋯⋯287
獵人和獅子 ⋯⋯⋯⋯⋯⋯279　　兔子和青蛙 ⋯⋯⋯⋯⋯288
丟失了鐵鍬的農夫 ⋯⋯⋯279　　農夫和白鶴 ⋯⋯⋯⋯⋯288
牧人和山羊 ⋯⋯⋯⋯⋯⋯280　　黃鼠狼和人 ⋯⋯⋯⋯⋯289
兩隻公雞 ⋯⋯⋯⋯⋯⋯⋯281　　牛和青蛙 ⋯⋯⋯⋯⋯⋯290
漁夫和魚 ⋯⋯⋯⋯⋯⋯⋯282　　赫爾墨斯和雕刻匠 ⋯⋯290
馬和驢 ⋯⋯⋯⋯⋯⋯⋯⋯282　　老鼠和黃鼠狼作戰 ⋯⋯291
農夫和燕子 ⋯⋯⋯⋯⋯⋯283　　黃鼠狼和阿芙蘿黛蒂 ⋯292
狗熊和狐狸 ⋯⋯⋯⋯⋯⋯284　　農夫和椋鳥 ⋯⋯⋯⋯⋯293
村婆和狼 ⋯⋯⋯⋯⋯⋯⋯284　　牛和獅子 ⋯⋯⋯⋯⋯⋯294
黃鼠狼和公雞 ⋯⋯⋯⋯⋯285　　老人和兒子 ⋯⋯⋯⋯⋯294
博瑞阿斯和海利歐斯 ⋯⋯285　　狐狸和砍柴人 ⋯⋯⋯⋯295
狐狸和葡萄 ⋯⋯⋯⋯⋯⋯286　　狼和狐狸 ⋯⋯⋯⋯⋯⋯296
車夫和赫拉克勒斯 ⋯⋯⋯287　　宙斯和猴子 ⋯⋯⋯⋯⋯297

人類和希望……297

宙斯、波賽頓、
雅典娜和摩摩斯……298

掉進罐子的老鼠……299

英雄……299

灰鶴和孔雀……300

阿波羅和宙斯……301

神明擇偶……301

鳥類和穴鳥……302

鳶……304

生病的烏鴉……304

狗和牠的影子……304

牛和蒼蠅……305

雲雀和雛鳥……305

獅子和鹿……307

膽小的獵人……307

病危的獅子、狐狸和鹿……308

獅子和野牛……312

狼和狗……312

狼……313

公正地統治的獅子……314

生病的獅子……314

戴鈴鐺的狗……315

獅子和狼……316

獅子和老鼠……316

小蟹和母蟹……318

老鼠和牛……318

牧人和狗……319

油燈……319

烏龜和老鷹……320

人和赫爾墨斯……320

燕子和蛇……321

旅人和真理……322

綿羊、狗和牧人……322

狐狸和狼……323

綿羊和狼……324

蛇頭和蛇尾……324

披著獅子皮的驢……325

螞蟻和蟬……326

凍僵的蛇和農夫……326

我們，其實都是伊索

◆朱嘉漢・導讀◆

　　《伊索寓言》也許是我們聽過最多當中故事，卻又最少直接閱讀的書之一。這些寓言故事可能在我們口中轉述多遍，卻毫無所覺。在一定的程度上，我們與不同的時代、不同地區與語言的人一樣，以記憶承載著這些故事，並將之轉述。

　　我們很難想像成長過程中，當中一兩個故事都沒聽過的人。

　　試想一下，當初最早跟我們講述這些故事的人（父母、老師或是兒童讀物的作者），他們的故事來源或許也跟我們一樣，是來自於他人，而未必真的讀過原典。在很多的場合，公開的或私密的說故事時光裡，伊索寓言的狐狸、獅子、狼等動物，繼續在口耳相傳中，傳承著記憶與教誨。在某個程度上來說，我們都是故事的載體，而且並非是制式教育的文化再生產，反而是最貼近我們生活，尤其童年的記憶。

　　這代表著，《伊索寓言》在很早以前就已經書寫下來，但即使有文字記載，有版本可追尋，它口傳力量並沒有因此減弱。《伊索寓言》的背景，與今天的我們相去甚遠，傳播的力量卻依然在我們身上映證。

　　那麼，為什麼《伊索寓言》有這樣的口傳力量呢？

　　首先，也許是因為寓言本身的簡單。

　　相比之下，日後的《拉封丹寓言》雖然借用了許多《伊索寓言》的原型，但在敘事上也多添了許多作者明顯的解釋，教化的意味又更為濃厚。

撤開這些寓言最早是怎樣以口傳形式流傳，在搜集、整理等編纂過程中產生怎樣的變化，或是翻譯語版的落差不談，閱讀這些在一定程度上貼近原貌的故事時，不免訝異：這些故事的原貌如此樸實且簡單，幾乎沒有多餘的描寫與設定。它的形式簡單到，以現代的眼光來看，甚至只是個故事的大綱。並直接地，在故事的最後告訴我們每則寓言的寓意。當然，寓意也不拐彎抹角，幾乎一句話解決了。

情境，想法，行動與結果。所有的元素攤開來說。什麼原因造成怎麼結果，怎樣個性導致怎樣結局。以敘事學的角度來看，故事的內容與形式幾乎貼合。故事就是敘事本身，沒有倒敘、插敘、補敘。

甚至要說隱喻的話，雖然這些動物們本身都是隱喻，它也簡單到或明顯到不像是個隱喻了。

這些寓言往往「就是這樣」的不證自明，毋需多做解釋。正是因為這些故事從一開始就那麼單純，幾乎沒有多餘的、讓我們分心的細節，才會那麼容易傳誦，在說故事的過程中，清楚讓聆聽者記得「發生了什麼事」。

以這角度來看，這些寓言除了本身的寓意外，或許背後更重要的寓意是：總存在著某些道理，某些為人處世的法則，是普遍的。不論人類之間的差異有多少，不論貧富貴賤，有些道理對我們來說都可以共享。我們總可以在這些寓言裡投射我們對於人情世故的看法，可以藉由這些故事代替我們訴說。在說著這些寓言的時候，某種人類的普同性變得可以想像。

另一個原因，則可能《伊索寓言》大量採取二元的結構。

這點，在標題上非常明顯地呈現了，大家最熟悉的動物系列

〈狐狸與山羊〉、〈狐狸與獅子〉；自然的〈北風與太陽〉、〈冬天與春天〉；人與動物〈狐狸與伐木人〉、〈野山羊與牧羊人〉。或是單向的〈狐狸與葡萄〉（最為人熟知的寓言）、〈狐狸與面具〉。

這種二元性，非常好明白善惡道理。或是借用尼采的說法，道德系譜追溯到古早，是好與壞的問題，選擇或行動最後導致好與壞的結果。二元的思索，好與壞、對與錯，是我們最早開始思辨道德的方式。

二元也允諾了對話。若是注意，在極簡單的寓言裡，對話往往占有重要的部分。而話語不僅是某種行動、意圖，也涉及了真理的探索。真理在對話的過程中自行找到答案。

最後，是寓言中的角色形象鮮明，尤其是動物。

《伊索寓言》可謂是動物寓言集，也影響到後來的拉封丹。

這些動物沒有名字，唯一的就是物種的名稱。換言之，這裡不存在個體性的差異，不同寓言中的狐狸或獅子，不論是不是同一個，是無關緊要的。這些動物所在的世界，一來沒有歷史，二來也非確切的地理位置。每個動物的物種本身有難以改變的個性烙印在上面。諸多寓言的要旨也在反覆辯證本性難移，要我們認清自己的本質，而非癡心妄想。若貪圖不屬於自身的事物，挑戰了秩序，必然會得到懲罰。

動物的形象，之所以占有那麼重要的地位，或許我們可以與希臘的神話一起比較。希臘的神話，讓人對於世界的秩序以及人類的位置，人類必然面對的死亡進行思索。神作為他者，讓希臘人思索生命與世界。而動物，在寓言的表面背後，其實是希臘人思索「野蠻性」的對照。

仔細思考，動物的位置其實相當微妙。在《伊索寓言》中，

雖然不避諱地讓動物說話、思考，牠們呈現的形象，像是有人性的動物，或是擬人化的動物。但同時，寓言裡卻緊守一個界線，如上頭所說，這些動物不會有名字，不會有個體的差異性。動物與人之間的曖昧性，令人不安的界線，在敘事的單純性中，被穩定的維持著。

希臘進入城邦時期之後，對於城邦人的生活與外界的世界，有道相當深刻思索的問題界線，尤其是倫理上的。如果神作為絕對的他者，不可碰觸、既遙遠又古老的存在。那麼，人與動物，則是共存在一個土地上，無比親近，非得要認真思考的「他者」。

對於自然，對於野蠻的世界，我們如何保持關係又區辨彼此？從他者的身上，又有什麼是我們應該學習的？

比起單純的道德律令，《伊索寓言》還是善用了故事，故事無論再淺顯，它的功用都在於啟發，而非要人死守。

最好的證明，是我們翻閱了這本書，應證了我們記憶所知的寓言同時，會發現我們幾乎沒有記起過每則寓言最後寓意是怎麼寫的。故事的意義，是經過我們的經驗與認識，憑自己的方式給出的。

我們不必問伊索到底是誰。因為聽過並記得、且傳述過並詮釋過的我們，其實都是伊索。

前言

✦ 王煥生 ✦

《伊索寓言》是古代希臘人傳給後世的一部飽含生活智慧的文學作品，成為世界文學遺產的瑰寶。

相傳這部寓言集裡的寓言，為伊索所作，因而稱為《伊索寓言》。伊索是何許人？其生平事蹟如何？由於古代傳下來的有關史料很少，今人已難以完全定說。在古代的傳世史料中，最有價值，最有權威性，因而也最常為人們稱引的史料，是古希臘著名歷史學家希羅多德[1]（約前四八四～約前四三〇）的記載。希羅多德在其《歷史》第二卷第一三四節中記述：「羅多皮斯[2]……是薩摩斯[3]人赫菲斯托波利斯之子雅德蒙[4]的女奴，與寫作寓言的伊索同為一個主人的奴隸。伊索也確實是雅德蒙的奴隸，下述情況足資證明。當德爾菲人遵照神示，反覆召請人們去領取伊索生命的賠償金時，沒有其他人前往，只有雅德蒙的孫子，同名的雅德蒙去認領。由此可見，伊索無疑是雅德蒙的奴隸。」

這是有關伊索生平最早的，也是最為明確、具體的文字記載，而且這位古代著名的歷史學家經過考證，認定伊索是一個真實的歷史人物。薩摩斯是希臘一座海島，位於小亞細亞西南部近海，距小亞細亞西海岸著名古城以弗所[5]和米利都[6]不遠，那裡是

1 Herodotus，古希臘作家、地理學家、歷史學家。

2 Rhodopis

3 Samos，愛琴海東部的一個島嶼。在古希臘，薩摩斯是富裕的城邦，以葡萄園和葡萄酒聞名。

4 Iadmon

5 Ephesus，古希臘人在小亞細亞建立的城邦，據說聖母瑪利亞終老於此。

古代希臘人與小亞細亞和西亞地區，古代民族毗鄰和頻繁交往的區域。德爾菲位於希臘大陸本土中部，是希臘祭祀阿波羅的著名聖地。羅多皮斯是一個名妓，色雷斯[7]人，其身世涉及埃及史事，希羅多德認為她生活在阿馬西斯[8]統治埃及時期（前五七〇至前五二六在位）。根據上引希羅多德的記述中涉及的情況和其他有關史料，人們一般認為，伊索應是前六世紀（或前六世紀前半期）人，祖籍小亞細亞的佛里幾亞[9]，原先是奴隸，後來因智慧聰穎而被解除奴籍，獲得自由。此後他曾遊歷希臘各地，講述寓言故事，給人以警示和教訓，故此聞名遐邇。由於他的有些寓言故事可能針對德爾菲祭司，揭露祭司虛偽，從而引起祭司的忌恨。祭司利用他一次去德爾菲的機會，誣陷他偷竊廟宇的金器，褻瀆神靈，加害於他，據說憤怒的德爾菲人把他推下山岩摔死。希羅多德的記述中最後說的賠償金，就是指這件事情。

現今流傳的《伊索寓言》在古代經歷了相當複雜、漫長的成書過程。眾所周知，寓言起初為口頭創作，總結人們的生活經驗，概括人們的生活智慧，後來才發展成為一種文學體裁，並且由口傳文學逐漸成為書面文學，出現了專門的寓言作家。古代希臘的寓言顯然也經歷了類似的形成過程，伊索就是這樣的寓言大師。在現今流傳的《伊索寓言》中，有些寓言的出現顯然很早，遠在伊索生活時代之前。例如〈雀鷹和夜鶯〉的故事，早就見於前八世紀至七世紀之交的古希臘詩人赫西俄德[10]的詩歌《工作與時

6　Miletus，安納托利亞西海岸上的古希臘城邦，在荷馬的《伊里亞德》中也有出現。
7　Thrace，大致位於巴爾幹半島的東南部。
8　Amasis，這個名字是希臘譯名，埃及的出生名是亞赫摩斯二世（Ahmose II），為第二十六王朝的最後一位法老。
9　Frigia，位於今土耳其中西部。
10　Hesiod，稍晚於荷馬的古希臘詩人。

日》。詩中說，雀鷹抓得一隻夜鶯，高飛於雲層間，夜鶯在雀鷹的利爪中痛苦地呻吟，雀鷹輕蔑地規勸夜鶯不要無謂地叫苦，牠現在已經落入了強者手裡，強者想怎麼處置就可以怎麼處置牠，可以把牠放走，也可以以牠為食，警告牠不要與強者抗爭，與強者抗爭不僅不可能獲勝，還會遭受凌辱和痛苦。詩人借這則寓言譴責社會橫行的暴力和不公正。寓言集裡，有的寓言則出現較晚，反映的是伊索之後的事情和社會思想。上述這些情況表明，古時候人們在彙編伊索的寓言時，把那些寓言故事也都收集了進來，一併成集。

在古代希臘，伊索寓言的第一個集本出現於前四世紀與前三世紀之交，是由當時的雅典統治者、哲學家、文學愛好者德墨特里奧斯[11]（約前三四五～前二八三，前三一七至前三〇七在雅典掌政）彙集的。這個集本未能直接流傳下來，後世的抄本主要是以一至二世紀的抄本為基礎，反覆轉抄而流傳於世。

伊索寓言在古代流傳很廣，影響到其後許多代人的寓言創作，成為不少寓言作家仿作和改編的對象。這種影響首先表現在古希臘晚期和羅馬時代的一些寓言作家的作品，其中最為集中體現的是羅馬寓言作家費德魯斯[12]（一世紀）和希臘寓言作家巴布里烏斯[13]（約一世紀後半期～二世紀前半期）的寓言創作。費德魯斯和巴布里烏斯在創作寓言時往往利用伊索寓言故事進行再創作，稱自己的寓言為「伊索式寓言」，以表示自己的寓言創作與伊索寓言的傳承關係，和對伊索本人的敬重。伊索寓言在古代流傳的另一種形式是各種各樣的轉述或改作，其中特別是利用伊索

11 Dimitrios Falireas
12 Gaius Julius Phaedrus，羅馬帝國時代的寓言詩作家，奧古斯都的被釋奴。
13 Babrius，生平不詳，可能是一個希臘化的羅馬人。

寓言進行修辭學教育而做的各種轉述和改編，以及中世紀之後新起的文學體裁「故事」性敘述。這些轉述和改作涉及到許多失傳了的伊索寓言故事，對於瞭解和研究伊索寓言本身有一定的參考價值，不過無疑又不能把它們完全等同於伊索寓言本身，特別是其中有些轉述或改編的寓言故事無論是在內容方面，還是在敘事風格方面，都與伊索寓言本身有很大的差別。

在後世收集伊索寓言方面做出巨大貢獻者中，當首推拜占庭時期君士坦丁堡的馬克西穆斯・普拉努得斯（Maximus Planudes）〔14〕神父，他共集得伊索寓言約一百五十則。這些寓言在一四七五至一四八〇年間由波努斯・阿庫西烏斯（Bonus Accursius）刊印出版。該寓言集曾於一五四六年重印。一六一〇年，瑞士學者涅夫勒特（Nevelet）第三次印刷該寓言集，印刷時除了原有的寓言外，又加進了梵蒂岡圖書館收藏而尚未發表的寓言一百三十六則，以及另外得到的一些寓言。《伊索寓言》印刷問世後不久，便開始被轉譯成其他歐洲語言，廣為流傳。

寓言作為人們日常生活體驗、智慧的結晶，目的在於形象性地反映人們生活中種種有趣而發人深思的現象，給人以啟示和教訓。《伊索寓言》充分說明了這一點。

《伊索寓言》中有些寓言揭露強凌弱的社會現象，飽含深刻的社會意義。例如〈狼和小羊〉（第160則），狼吃小羊是其本性，但狼卻試圖以貌似合理的口實來掩蓋自己的凶殘，在牠一個個虛偽的理由被純樸的小羊一一如實揭穿後，牠便不加掩飾地暴露自己的殘暴本性。〈農夫和蛇〉（第62則）則以人們日常生活經常可能發生的現象告誡人們，蛇性惡，惡人亦然，對好為惡者要多加

14 一二六〇～一三〇五，拜占庭的希臘神父、學者、翻譯、數學家。他透過拉丁文、希臘文的互譯，使東方希臘文和西方拉丁文更加緊密地聯繫在一起。

提防。〈狼和狗〉（第294則）用人們熟悉的兩種動物之間一段簡單的對話，讚頌自由自在的生活，反映了古代處於人類社會特有的發展形態「奴隸制」狀態下，普通人對自由生活的嚮往和愛好。寓言集中有許多寓言讚頌弱者的智慧，弱者也可以憑藉自己的智慧報復欺凌他們的強者。如〈鷹和糞金龜〉（第3則）中，糞金龜這樣的弱者機智地報復強者鷹的傲慢和殘暴，竟然使後者毫無辦法，甚至主神的庇護也不能使牠擺脫困境。寓言集中有不少寓言反映了歷來存在的社會問題──貧富矛盾。〈赫拉克勒斯和普路托斯〉（第113則）把富人與惡人等同，表現了對富人的蔑視和不滿。〈負債人〉（第5則）則表現了負債人的淒慘處境和債主的貪婪，後者為了自己的利益甚至不惜作偽證。

寓言集中有不少寓言反映各種生活哲理。〈烏龜和老鷹〉（第259則）中烏龜本是爬行動物，卻異想天開地想學飛翔，被老鷹帶到空中，飛行不成，反被摔死，藉以告誡人們，各種事物都有自己的特性，不可違背自然，勉強從事。與此相類似，〈雀鷹和天鵝〉（第315則）中雀鷹本為飛禽，卻想學獸類嘶鳴，結果事與願違，適得其反。〈肚脹的狐狸〉（第24則）說明矛盾會因情勢的變化而變化，在一種情況下不可能的事情，在另一種情況下則是有可能的。〈馱鹽的驢〉（第191則）告誡人們不可犯經驗主義的謬誤，〈兩隻青蛙〉（第43則）則教導人們考慮問題要全面，不可貿然從事。〈烏龜和兔子〉（第254則）作為一則廣為人知的寓言，非常簡明且生動地說明了先天才能和後天努力之間的關係。〈狐狸和豹〉（第12則）涉及到一個重要的美學問題──心靈美勝過形體美。〈農夫和他的孩子們〉（第42則）教導人們勞動創造財富，〈螞蟻和蟬〉（第114則）嘲笑好逸惡勞，〈銜肉的狗〉（第136則）、〈寡婦和母雞〉（第58則）告誡人們不要貪婪，〈狐狸和猴子〉（第

14則)、〈狐狸和鱷魚〉（第20則）嘲笑吹牛撒謊，〈狐狸和山羊〉（第9則）告誡人們做事不可冒失上當，〈獅子和老鼠〉（第155則）讚揚知恩圖報，〈驢和騾子〉（第192則）教導人們要互相幫助。〈摔破神像的人〉（第284則）反映的是當時人們樸素的神靈觀念，〈賣卜者〉（第170則）和〈巫婆〉（第56則）則是對迷信和巫術的批判。

總而言之，《伊索寓言》中反映的生活經驗非常豐富多彩，以上只是約略列舉而已。這些經驗源於生活，反映生活，進而指導生活，對不同時代的人都具有教育意義，從而為不同時代的人們所歡迎。這裡需要指出，《伊索寓言》中每則故事後面都附有「教訓」，這些「教訓」顯然有許多是後人添加的，其中有的比較貼切，思想性強，富有教益，有的則並不切題，甚至牽強附會，有損原有的主題。人們閱讀時不必受這些「教訓」的束縛，這樣更可以體會出寓言所蘊含的智慧的豐富性。

《伊索寓言》出色的藝術技巧也是歷來受人稱道的。《伊索寓言》中除了一部分是以現實的人作為故事人物外，大部分是動物寓言。動物寓言的特點是將動物擬人化，讓動物像人一樣行為和說話。寓言中這種擬人化來自對動物行為和生活習性的精細觀察，因而體會非常入微。《伊索寓言》的鮮明的敘事特點是簡明、自然、逼真。例如〈烏龜和兔子〉這則寓言採用客觀的敘述，沒有什麼對話，非常簡潔；〈農夫和蛇〉〈狐狸和葡萄〉（第15則）也主要是客觀敘述，只是在最後以一句自白或感悟性話語畫龍點睛；〈貓和母雞〉（第7則）雖然採用的是對話形式，但仍非常簡明，也非常自然、幽默；〈驢和騾子〉中，騾子後悔沒有及時幫助驢，結果反而給自己招來苦難，人們不難覺得，也許這點智慧騾子還是有的。《伊索寓言》的許多題材都曾被後世作家繼承

和模仿，但人們讀後對那些寓言稍加體會和比較，仍不免會稱讚《伊索寓言》的機敏、智慧和耐人反覆尋味的含意，還有高超的藝術構思和手法。總的說來，《伊索寓言》中的寓言故事構思巧妙，情節敘述概括，語言簡樸凝練，所蘊含的智慧既淺顯又發人深省，往往令人百讀不厭，百思而難盡其詳，趣味盎然，獲益無窮。這就是這部寓言集數千年來一直歷久不衰，為人所喜歡的根本原因，也是一部優秀文學作品的生命力之所在。

與譯介其他歐洲文學作品相比，中國譯介伊索寓言的歷史比較早。根據現有史料，伊索寓言是在明朝時期隨著「西學東漸」潮流，首先傳入中國的西方著作之一。十六世紀末，一些西方傳教士來到中國。他們在宣講教義時往往對伊索寓言進行稱引，用以比喻，因此在傳教士的著述裡已經涉及到一些伊索寓言。利馬竇[15]（一五五二～一六一〇）是第一個來中國的西方傳教士，稱伊索是「上古明士」，在所著《畸人十篇》（一六〇八）中介紹和稱引過多篇伊索寓言，包括〈肚脹的狐狸〉〈獅子和狐狸〉〈馬和驢〉〈驢和馬〉等。在利馬竇之後，又有傳教士龐迪我[16]（一五七一～一六一八）對伊索寓言作過介紹，在《七克大全》（一六一四）中稱引過〈渡鴉和狐狸〉〈兔子和青蛙〉〈獅子、狼和狐狸〉等寓言故事。

中國第一個伊索寓言譯本是《況義》。該譯本由法國傳教士金尼閣[17]口授、中國天主教士張賡筆錄，印行於明代天啟五年，即一六二五年。「況義」即「寓言」之意，譯本正文寓言二十二則，

---

15 天主教耶穌會義大利籍神父、學者。一五八三年（明神宗萬曆十一年）來到中國居住，受士大夫敬重，被稱為「泰西儒士」。
16 天主教耶穌會西班牙籍神父、學者。一六〇〇年隨利瑪竇到北京。
17 一五七七～一六二八，是第一個把五經翻譯成拉丁文的人。

附錄寓言十六則，共三十八則。縱觀內容，廣泛流傳的一些著名的伊索寓言故事，如〈渡鴉和狐狸〉〈銜肉的狗〉〈獅子、狼和狐狸〉〈田鼠和家鼠〉〈兩隻青蛙〉〈牛和青蛙〉〈烏龜和老鷹〉〈北風和太陽〉〈寡婦和母雞〉〈馱鹽的驢〉等皆見於其中。以上寓言的情節有時與現今流傳的《伊索寓言》不盡相同，譯本重在達意。

中國第一個從英文轉譯的伊索寓言譯本出版於一八四○年，標題為《意拾喻言》，英文標題是ESOP'S FABLES，注稱「由博學的矇昧先生用中文撰寫，再經他的門生懶惰生編成現在的形式」。《意拾喻言》含寓言八十二則。譯本稱譯文或「意譯」或「逐字直譯」，譯文中包含許多純中國文化特色的詞語，反映了當時的翻譯風格。後來隨著中國與歐洲文化交流的發展和擴大，伊索寓言在中國得到更進一步的介紹，被反覆譯介，譯介的故事也越來越多，越來越為廣大讀者熟悉，有些故事，如〈龜兔賽跑〉,〈狐狸和葡萄〉等，甚至進入了學生讀本。

一九五五年人民文學出版社出版周啟明翻譯的《伊索寓言》，據法國埃彌爾‧商伯利[18]編訂一九二二年版《伊索寓言》翻譯，是中國第一個從古希臘文直接翻譯的譯本。一九八一年人民文學出版社又出版了由羅念生等翻譯的《伊索寓言》，所據版本是一九七○年德國萊比錫托伊布納「希臘羅馬作家叢書」[19]古希臘文版，收寓言三百三十則（有十六則寓言未譯）。這些譯本有助於中國讀者進一步瞭解伊索寓言。近年來，在中國的外國文學翻譯介紹事業蓬勃興旺的形勢下，伊索寓言繼續保持著自己強大的生命力，受到許多譯者和出版者的注意和重視，又出現了各種不同的版本。可以說，《伊索寓言》是在中國流傳最廣、影響最大

18　Emile Chambry
19　Bibliotheca Teubneriana

的歐洲文學作品之一。

　　現在這個譯本也是根據德國托伊布納「希臘羅馬作家叢書」中《伊索寓言彙編》古希臘文譯出的。托伊布納「希臘羅馬作家叢書」是著名的古典叢書，該彙編中除收集傳統的伊索寓言抄本故事外，也收集了一些其他改編或轉述本的故事，不過對後者進行了選擇性編錄，共得寓言故事三百四十六則。這次把這三百四十六則故事全部譯出，其中有些故事明顯反映出後世改編或轉述的風格和趣味，這一點讀者在閱讀過程中會感覺出來。

　　上面提到古希臘羅馬晚期寓言作家費德魯斯和巴布里烏斯對伊索寓言的模仿和繼承。費德魯斯自稱出生於古代馬其頓的皮埃里亞[20]，可能是在羅馬長大的，受過良好教育。他原是羅馬帝國第一位皇帝奧古斯都（十四年去世）的宮廷奴隸，後來被釋放，寫作寓言。由於他在寓言裡直接諷刺抨擊權貴，從而受到迫害。費德魯斯用拉丁文寫作，傳下寓言五卷，自稱那些寓言是「伊索式的」。他的寓言中確實有不少取材於伊索的寓言故事，不過無論是在故事敘述，或是在思想表達上，又往往對伊索寓言做了很大的改變，賦予它們新的意思。費德魯斯在《寓言集》第三卷前言中，涉及到自己寫作寓言的意圖和目的時寫道：

> 受壓迫的奴隸
> 由於對許多事情想說而不敢說，
> 便採用寓言來表達自己的感情，
> 藉助各種虛構的笑話來避免非難。

20 Pieria

這是費德魯斯創作寓言的指導思想。總的說來，他的寓言不管是借用伊索的寓言故事進行再創作，或者是那些他自己編寫的寓言（這些寓言占《寓言集》的大部分），也確實都體現出這種精神。

　　後代人對巴布里烏斯的生平知道得很少，他的生活時期可能在一世紀後半期至二世紀前半期，居住在羅馬帝國東部，用希臘文寫作。與費德魯斯的寓言相比，巴布里烏斯的寓言創作與伊索寓言的關係要更密切一些。巴布里烏斯的寓言題材主要取材於伊索寓言故事，他的寓言的特點在於故事敘述自然生動，通俗易懂，從而在古代獲得廣泛的流傳。

　　本書在《伊索寓言》之後，收錄了對費德魯斯寓言和巴布里烏斯寓言的部分選譯。費德魯斯和巴布里烏斯是古希臘羅馬時代晚期最重要的寓言作家，收錄的目的主要在於方便讀者通過比較閱讀，以加深對伊索寓言本身的理解和對整個古希臘羅馬時代寓言創作的瞭解。這部分的譯文據「勒布古典叢書」[21]中《費德魯斯和巴布里烏斯寓言集》拉丁文和古希臘文譯出，保留原文的詩體形式。

王煥生

二〇一三年十二月

21　Loeb Classical Library

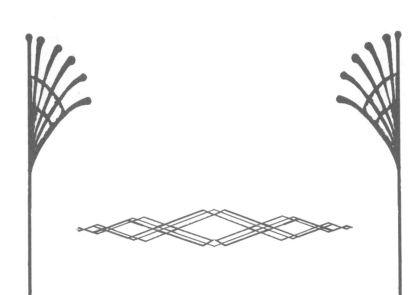

伊索寓言

········· 鷹和狐狸 ·········

　　鷹和狐狸約定互相友好相處，毗鄰而居，以為這樣可以密切交往，鞏固友誼。於是，鷹飛上一棵大樹，在那裡孵化小鷹，狐狸則在樹下的灌木叢裡生育兒女。

　　一天，狐狸出外覓食，鷹也在仔細觀察尋找食物，就飛進灌木叢，把小狐狸抓走，同自己的小鷹一起飽餐了一頓。狐狸回來後，知道發生的事情。牠不僅為自己兒女之死而悲痛，也為自己無法報復而傷心，因為牠是走獸，無法追逐飛禽。於是，牠只好站在遠處詛咒敵人，這是缺乏能力的弱者仍可以做到的事情。鷹背叛友誼的行為終究沒能躲過嚴厲的懲罰。

　　一些人在地裡用山羊獻祭，鷹從樹上飛下去，從祭臺上抓起燃燒著的腸子。牠把腸子帶進巢裡後，突然颳起了大風，乾枯的樹枝被腸子的火星點燃。那些還沒有長好羽毛的小鷹，都被燒著了，落到地上。這時狐狸迅速跑過來，當著鷹的面，吃掉所有的小鷹。

　　這則故事說明，那些背棄友誼的人即使能躲過受害者的報復，也逃不過神祇的懲罰。

········· **鷹、穴鳥和牧人** ·········

　　鷹從一處高高的懸崖上飛下來，抓走一隻羊羔。

　　穴鳥〔1〕見到那情景，驚羨不已，也想仿效一下。於是牠啪啪啦啦地從空中飛下來，落到一隻公羊的背上。然而牠把爪子扎進羊毛後，爪子便被羊毛纏住了，任憑牠撲動翅膀，怎麼也飛不起來。

　　牧人看見，知道發生了什麼事情，便趕緊跑過來，把穴鳥捉住，截去穴鳥翅膀上那些強勁的羽毛。

　　傍晚時，牧人把穴鳥帶回去，給自己的孩子們。孩子們詢問那是一隻什麼鳥，牧人回答說：「我明明知道牠是一隻穴鳥，可牠自己卻想成為鷹。」

　　這則故事是說，與強者競爭毫無意義，失利時還會招來恥笑。

········· **鷹和糞金龜** ·········

　　鷹追逐兔子。

　　兔子正無處可以求救時，出現了機遇。牠看見一隻糞金龜，便向糞金龜求助。那糞金龜一面鼓勵牠，一面注視著鷹，要求不要抓走向牠求援的兔子。鷹瞧不起小小的糞金龜，當著糞金龜的面把兔子吃了。

1　又名寒鴉。

糞金龜記住了這件事情，從此總是盯著鷹巢，只要鷹一產卵，牠便飛上去，推滾那些卵，使它們掉下來砸碎。

　　鷹不得不到處躲避糞金龜，最後逃到宙斯[2]那裡，懇求給牠一個安全的地方孵育小鷹。

　　宙斯讓鷹在他自己胸前的衣褶裡產卵，糞金龜見了，就滾一個糞球，飛上天空，把糞球扔進宙斯的衣褶裡。宙斯站起來，想抖掉糞球，無意中把那些鷹卵也一起抖掉了。

　　據說從此以後，凡是在糞金龜出現的季節，鷹是不孵卵的。

　　這則故事告誡人們，對任何人都不要藐視，因為不可能有人如此懦弱，受了侮辱也不為自己進行報復。

◆ ００４ ◆
·················· **夜鶯和雀鷹** ··················

　　夜鶯棲息在一棵高高的橡樹上，習慣地唱著歌。

　　雀鷹正缺少食物，看見牠便猛撲過去，把牠逮住。

　　夜鶯意識到正面臨死亡，便請求雀鷹放過牠，說牠自己不足以填滿雀鷹的肚子，如果雀鷹真的缺少食物，應該去捕捉大一些的鳥。

　　這時雀鷹回答說：「要是我放棄手裡的現成食物，去追求還沒有出現的，那我便是個傻瓜。」

　　這則故事說明，那些為了獲得更大利益而放棄到手利益的人，是沒有頭腦的。

2　宙斯（Zeus）是古希臘神話中的主神，鷹是他的聖鳥。

負債人

在雅典，有個人負了債，債主催他還債。

他起初進行推脫，要求延期償還。當債主不答應他的要求時，他便把自己僅有的一頭老母豬趕出來，當著債主的面出售。

有個買主走過來，詢問那母豬是否還能下崽，負債人說，那母豬不但能下崽，而且還非比尋常，會在農神節〔3〕下母豬，在雅典娜〔4〕節下公豬。

買主對負債人的話感到詫異，這時債主說：「請你不要驚奇，這頭母豬在狄奧尼索斯〔5〕節還會給你生下小山羊呢。」

這則故事表明，許多人為了自己的利益，甚至膽敢為不可能的事情作偽證。

野山羊和牧人

牧人把一群山羊趕去草地放牧。

他看見羊群裡混進了一些野山羊，傍晚時便把牠們都趕進自己的山洞。

第二天颳起狂風暴雨，他無法把羊群趕往慣常的草地，只好

3　農神節指狄蜜特（Demeder）女神節。在古希臘神話中，女神狄蜜特是農業神。
4　雅典娜（Athena）是主神宙斯的女兒，尚武，富有智慧，善技藝，是雅典城的守護神。
5　狄奧尼索斯（Dionysus）是古希臘神話中的酒神。

在山洞裡餵養牠們。他只給自己的羊適量的草料，僅使牠們不至於挨餓，而給那些外來的羊要多得多，想使牠們能跟隨他。

風雨停息後，他把羊一起趕往草地，那些野山羊爬上山後便跑了。牧羊人責備牠們忘恩負義，得到特殊的照料，卻棄他而去。

那些野山羊回過頭來說道：

「我們正是因為這一點才更要防備你，因為你對我們這些昨天才跟隨你的山羊，照顧得比對你原有的那些羊還要好，所以很明顯，要是再有其他山羊來到你這裡，你照顧牠們又會勝過照顧我們了。」

這則故事是說，不應該與那些待我們這些新結交的人勝過對待他們原有朋友的人結交，因為在我們與他們長時間交往後，他們又會結新交，並且待那些新交更勝過對待我們。

✦ 007 ✦

⋯⋯⋯⋯⋯⋯⋯⋯⋯⋯⋯ 貓和母雞 ⋯⋯⋯⋯⋯⋯⋯⋯⋯⋯⋯

貓聽說一處雞舍裡的母雞病了，便把自己打扮成醫生，帶上醫療器具，來到那裡。

貓站在雞舍前，詢問雞群牠們身體怎麼樣。

母雞們回答說：「只要你能離開這裡，我們就會很好。」

人們也是這樣，壞人蒙騙不了聰明人，即便他們顯得非常友善。

⋯⋯⋯⋯⋯ 伊索在船塢裡 ⋯⋯⋯⋯⋯

一次,善講寓言故事的伊索空閒,來到船塢。

船匠們嘲弄他,要他作答。

他說道:最初世界上只有混沌和水,後來主神宙斯想讓土元素出現,便吩咐土吸海三次。於是土開始吸水。土第一吸後露出了山峰,第二吸後露出了原野。

伊索接著說:「如若土遵照宙斯的命令吸第三次水,你們的手藝就沒有用了。」

這則故事說明,嘲笑比自己聰明的人,會在不知不覺中給自己招來更大的不快。

⋯⋯⋯⋯⋯ 狐狸和山羊 ⋯⋯⋯⋯⋯

狐狸掉進了井裡。牠只好待在那裡,因為沒辦法爬上來。

一隻山羊口渴,來到那口井邊。牠看見狐狸,便問那裡的水好喝不好喝。

狐狸見出現了這麼個好機會,很高興,便對井下的水大加稱讚,說那水如何好喝,勸山羊也下來。

當時山羊一心想解渴,便不假思索地跳了下去。

山羊喝夠了水,和狐狸商量如何爬上來。

這時狐狸說,牠想出一個好方法,可以使牠們倆得救,並且這樣說道:「如果你願意把兩條前腿趴在井壁,犄角垂下來,我

就可以從你的背上跳出去，然後再救你。」

　　山羊很樂意地接受了狐狸的建議，狐狸便躥上山羊的後腿，再爬上山羊的後背，然後憑藉山羊的犄角找著井沿，爬了上去，準備離開。

　　山羊責怪狐狸破壞約定。

　　狐狸轉過身來說道：「嘿，你呀，倘若你的智慧像你下巴上的鬍鬚那麼多，你剛才就不會未想好如何上來就跳下去了。」

　　同樣，聰明的人應該先認真考慮事情結果，然後再著手去做。

·············· 狐狸和獅子 ··············

　　狐狸從未見過獅子，後來偶然遇上了。

　　第一次看見時，驚恐得差一點嚇死。

　　第二次相遇時，牠仍然害怕，不過不像上一次那麼厲害。

　　當牠第三次見到時，牠已經變得大膽，竟敢走上前去，和獅子交談起來。

　　這則故事是說，熟悉能緩和對事物的恐懼。

·············· 漁夫 ··············

　　有個善吹簫的漁夫拿起簫和漁網，來到海邊，站在一處海岬岩石上。

他起初吹簫，以為魚兒聽見美妙的音樂會自動跳出來。

他吹了很長時間，但毫無結果。於是他放下簫，拿走起漁網，向水裡撒去，捕了很多魚。

他把那些魚從網裡抓起來，扔到地上，看見牠們蹦跳著掙扎，說道：

「壞透了的東西，我吹簫的時候，你們不願意跳舞，現在我不吹了，你們倒跳起舞來了。」

這則故事適合於那些做事不合時宜的人。

✦ 012 ✦

……………… 狐狸和豹 …………………

狐狸和豹爭論誰美。

豹每次總是誇耀自己身上花紋斑斕，狐狸對此回答說：

「那我比你不知要美多少，因為我使自己斑斕的不是身體，

而是心靈。」

這則故事是說，智慧的完美優於形體的豔美。

·········· 漁夫們 ··········

漁夫們起網，覺得漁網很沉，高興得手舞足蹈，以為捕獲一定很豐富。

他們把網拉到岸上後，發現網裡魚不多，盡是些石塊和沙子，非常懊惱。

令他們不快的主要還不在於收穫不多，而是結果與期望相反。這時他們中一位長者說道：

「朋友們，別傷心了，歡樂和悲傷顯然是兩姊妹，我們怎樣高興過，就應該承受怎樣的悲傷。」

同樣，我們應該看到人生多變幻，不要總是為順利而欣喜，應該想到晴天過後會有暴風雨。

·········· 狐狸和猴子 ··········

狐狸和猴子同行，為家世問題爭論起來。

牠們各自敘說自己家世的許多尊貴之處，來到一處墓地。

猴子凝視一陣後，不禁長聲嘆息。

狐狸問牠為什麼嘆息，猴子指著那些墓碑，說道：「我看到

我祖輩的奴隸和獲釋奴的這些墓碑，我能不悲傷嗎？」

這時狐狸對猴子說道：「你想怎麼胡謅就怎麼胡謅吧，反正他們當中不可能有誰能站起來揭露你。」

同樣，那些好說謊的人看到沒有人能反駁他們時，會更加肆無忌憚地吹噓自己。

✦ 015 ✦
·············· 狐狸和葡萄 ··············

狐狸正飢餓，看見葡萄架上掛著一串串葡萄，很想摘它們，但摘不著。

狐狸離去時，自言自語地說：「它們還是酸的。」

有些人也是這樣，他們本來能力弱，辦不成事情，卻推諉於時機不適宜。

✦ 016 ✦
·············· 貓和公雞 ··············

貓捉到公雞，想以冠冕堂皇的藉口把公雞吃掉。

於是，貓首先指責公雞夜裡啼鳴，煩擾人們，使人們無法安睡。

公雞說，牠這樣做對人有好處，因為可以喚醒人們起來從事日常工作。

貓又說：「你還是個褻瀆者，違背自然地凌辱姊妹和母親。」

公雞說，牠這樣做對主人也有好處，可以使牠們多下蛋。

貓無言以對，便說道：「儘管你總可以為自己的行為說出理由，難道我就不吃掉你？」

這則故事表明，有的人生性惡劣，好做壞事，如果找不到冠冕堂皇的藉口，就會不加掩飾地作惡。

✦ 017 ✦

·············· 失掉尾巴的狐狸 ··············

有隻狐狸被捕獸器夾掉了尾巴。

牠帶著這種恥辱生活，感到很難受，認為需要讓其他狐狸也變得跟牠一樣，好以共同的不幸來掩蓋牠自己的不快。

於是，牠把所有的狐狸都召集起來，勸牠們割掉自己的尾巴，說拖著尾巴不僅不雅觀，而且是累贅。

這時有一隻狐狸插嘴說：「朋友，如果這樣做不是對你有利，你是不會勸我們的。」

這則故事適用於那樣的人，他們給予他們親近的人勸告，不是出於善意，而是為了私利。

✦ 018 ✦

·············· 漁夫和鰮魚 ··············

漁夫下網，打上來一條鰮魚[6]。

鰮魚請求漁夫暫且放了牠，因為牠還小，等牠日後長大了，

再來捕捉牠，會更有利。

漁夫回答說：「要是我放棄現在到手的利益，去追求渺茫的希望，那我就是個大傻瓜。」

這則寓言表明，現實的利益儘管很小，但總比想望中的利益更可取，即使那利益很大。

⋯⋯⋯⋯⋯⋯⋯⋯ 狐狸和荊棘 ⋯⋯⋯⋯⋯⋯⋯⋯

狐狸躍上籬笆，滑了一下，順勢抓住荊棘求救。

牠的腳掌被荊棘的尖刺劃破了，直流血，痛得厲害。牠指責荊棘說：「啊呀，我逃到你這裡來，本是希望你能救我一把的。」

荊棘回答說：「朋友啊，你抓住我求救是個錯誤，因為我是慣於什麼都抓的。」

這則故事可以說明，向作惡成性的人求救是愚蠢的人。

⋯⋯⋯⋯⋯⋯⋯⋯ 狐狸和鯷魚 ⋯⋯⋯⋯⋯⋯⋯⋯

狐狸和鯷魚競爭家世高貴。

鯷魚列舉了牠祖先的許多光輝業績，最後說，牠的祖輩還擔任過體育場司理呢。

6　鯷魚是一種小海魚，產於歐洲，類似鯡魚，主要用來做罐頭。

這時狐狸回答說：「即使你不說，從你的皮膚也看得出來，你是經歷過許多鍛鍊的。」

同樣，事實能檢驗謊言。

漁夫

漁夫們去打魚，忙碌了很長時間，一無所獲，便閒坐在船上，心中懊喪。

這時一條金槍魚被追趕，刷刷地游過來，無意中躍進他們的船裡。

漁夫們把牠捉住，帶到城裡賣了。

同樣，命運常常會賞賜靠技能得不到的東西。

狐狸和伐木人

狐狸躲避獵人，看見一個伐木人，便請求伐木人把牠藏起來。伐木人叫狐狸到他的棚屋裡躲藏。

過了不久，獵人們趕來了，詢問伐木人，有沒有看見狐狸經過。伐木人嘴裡說沒有看見，同時卻打手勢表示狐狸藏在哪裡。獵人們沒注意到伐木人向他們打手勢，便相信了對他們說的話。

狐狸見獵人們離去，便走出來，不打招呼，就要離開。伐木人責備狐狸，說他救了狐狸的命，狐狸卻連聲謝都不道。

狐狸說：「若是你的手勢也像你說的話那樣，我就感謝你了。」

這則故事適用於那些嘴裡說要做好事，實際上做惡事的人。

公雞和松雞

有個人在家裡養著公雞，碰巧看見有隻養馴了的松雞出售，便買了帶回來，一起飼養。

那些公雞對松雞又啄又趕，松雞很苦惱，心想公雞藐視牠，準是因為自己是異族。

過了不久，牠看到那些公雞也互相廝鬥，要一直鬥得鮮血直流才停止，於是自語道：

「我不再為牠們啄我而不快了，因為我看見牠們自己也不斷打鬥。」

這則故事說明，有頭腦的人看見鄰居對自家人也不斷打鬥，想到自己遭受鄰人粗暴對待，也就容易忍受了。

肚脹的狐狸

狐狸正餓著，看見橡樹洞裡有牧人留下的麵包和肉，就爬進去把它們都吃了。

牠的肚子脹大後，出不了洞，嘆息著傷心起來。

有隻狐狸從旁邊經過，聽見牠的嘆息聲，便走過去探問原

因。那隻狐狸明白真相後，對這隻狐狸說道：

「你就待在裡面吧，等你回復到進去時的樣子，就很容易出來了。」

這則故事是說，時間能解決事情的疑難。

················· 翠鳥 ·················

翠鳥[7]是一種性情孤僻的小鳥，常年在海上生活。

據說牠為了防備人們捕捉，在海邊的懸崖上築巢。

一次牠想孵卵，來到一處海角，看見一塊臨海的岩石，就在那裡築巢。

有一回牠出去覓食，海上颳起狂風，掀起巨瀾，直達牠的小屋，把小屋淹沒了，雛鳥都淹死了。

翠鳥回來，看見那慘狀，說道：

「我好苦命啊，我為了躲避險惡的陸地，來到這裡，哪知道這裡更不安全。」

有些人的遭遇也是這樣，他們為防備敵人，卻在不知不覺中落到比敵人更厲害的朋友手裡。

7　翠鳥又名魚狗。

漁夫

　　漁夫在一條河裡捕魚。

　　他向河兩岸張開網，再用繩子拴塊石頭擊水，好嚇得魚逃跑，不知不覺地躥進網裡。

　　當地住戶有人看見他這樣做，指責他把河水攪渾，使他們喝不上清水。

　　漁夫回答說：「如果我不這樣把河水攪渾，就得餓死。」

　　公民中那些好蠱惑人心的人也是這樣做的，好使國家陷入混亂。

狐狸和面具

　　狐狸進入塑造匠的作坊，把裡面的東西一件件翻看。

　　牠看到一副悲劇演員的面具，把它拿起來，說道：「多好的腦殼，卻沒有腦子。」

　　這則故事適用於那種身材高大，但心靈簡單的人。

┄┄┄┄┄┄┄┄┄┄┄┄┄┄┄┄┄ 撒謊的人 ┄┄┄┄┄┄┄┄┄┄┄┄┄┄┄┄┄

　　有個窮人患病，病得不輕，向神明許願，若是神明們能救他一命，就敬獻百牲祭。

　　眾神想考驗他，便讓他很快康復了。

　　他病癒下床後，沒有真牛，便用麵粉做了一百頭牛，放到一處祭壇上焚化，說道：「眾神啊，請接受我許的願。」

　　神明們也想矇騙他一下，就託給他一個夢，勸他到海邊去，說他在那裡可以找到一千塊錢。

　　他非常高興，就飛跑著去到海邊。在那裡，他遇上海盜，被擄走，賣了一千塊錢。

　　這則故事適用於說謊的人。

燒炭人和漂布人

燒炭人在一所房子裡經營。

他看見漂布人走來,就勸他搬過來和自己一起住,說這樣他們會彼此更親近,而且合住在一起還可以省點錢。

這時漂布人回答說:「可是這對我來說是絕對不行的。要知道,凡是我漂白的東西,你都會把它們弄黑。」

這則故事是說,性質不同的東西難以相合。

沉船落難的人

有個雅典富人與其他人一起航行。

海上出現風暴,船隻被打翻。其他人都在拚命游水,唯獨那個雅典人只是不斷地呼喊雅典娜,允諾奉獻許多祭品,只要他能得救。

有個一起落難的人游過來,對他說:「有雅典娜同在,你自己也得動手呀!」

就這樣,我們既應該祈求神明幫助,自己也應該想辦法,有所作為。

……………… 頭髮斑白的人和情婦們 ………………

有個頭髮開始斑白的人有兩個情婦,其中一個年輕,另一個年長。

那個年長的覺得同一個比自己年輕的男人親近,有礙自己的面子,因此每當他前來,總要拔掉他的黑髮。

那個年輕一些的想隱瞞自己有一個年老的情人,就拔掉他的白髮。

就這樣,他被兩個人輪流著拔,結果就成了禿子。

同樣,不相稱者必然有害。

……………… 殺人凶手 ………………

有個人殺了人,被受害者的親屬追擊。

他來到尼羅河邊,迎面碰見一隻狼,嚇得他爬到河邊的樹上,待在那裡藏起來。

這時他又看見一條蛇懸掛在他的頭頂上,便縱身跳進河裡。

河裡有條鱷魚正在等著他,就把他吃了。

這則故事是說,對於有血汙的人,無論是土、空氣或水元素,都不是安全的。

·········· 好自我吹噓的五項運動員 ··········

　　有個五項全能運動員每次參加比賽，都顯得怯懦，從而受到人們的指責。

　　他離開家鄉，過了一段時間後返回來，吹噓說他在許多城市參加比賽，都表現出非常頑強的氣概，在羅得島[8]的跳遠比賽中甚至達到任何奧林匹克運動會優勝者都沒能達到的好成績，並說任何一個當時在場的人只要能夠前來，都可以為他作證。

　　這時有個在場的人對他說：

　　「喂，朋友，如果那是真的，就無須任何人為你作證：就當這裡是羅得島，你跳吧！」

　　這則故事是說，對於能現場證明的事情，口頭證明是多餘的。

·········· 許空願的人 ··········

　　有個窮人患病，覺得病情很不好，醫生對他的康復已經不抱希望，於是他向神明祈求，說他若能病好下床，他會進行百牲祭，奉獻許多祭品。

　　當時他妻子正在旁邊，便問他：「你從哪裡弄來這些東西還願？」

　　那人回答說：「你以為我病好下床，是為了讓神明向我索要

8　羅德島在小亞細亞西南邊，愛琴海上的一個島嶼。

這些東西嗎？」

　　這則故事是說，人們往往會輕易地許諾實際上不想兌現的東西。

········· **人和羊人** ·········

　　據說，從前有個人與羊人[9]交朋友。

　　冬天來了，天氣寒冷，那人把雙手捂住嘴呵氣。

　　羊人問他為什麼那樣做，那人說是手冷，那樣可以讓手暖和。

　　後來他們同桌吃飯，食物很燙，那人拿起一些食物到嘴邊吹。

　　羊人又問他為什麼那樣做，那人說是食物太燙，把食物吹涼。

　　這時羊人對那人說道：

　　「你這個人啊，我不再和你結交了，因為你從嘴裡一會兒能吹出熱氣，一會兒又能吹出涼氣。」

　　就這樣，有些人思想無定性，我們應該避免和他們交朋友。

········· **好惡作劇的人** ·········

　　有個好惡作劇的人和人打賭，說他能證明德爾菲[10]的神示

9　羊人或稱羊男，是古希臘神話中的一種山野小神，半人半羊，人的軀幹和頭，山羊的腿、角、尾巴和耳朵。

10　德爾菲位於希臘中部地區，那裡有著名的阿波羅祭壇，祭司能向人們發布神諭。

是虛假的。

到了約定的日子，那人手裡握著一隻小麻雀，用斗篷遮住，來到神廟。

他站在神的面前，問他手裡拿的東西是死的還是活的。他的打算是，若神說是無生命的，他就拿出活的麻雀來；若神說是活的，他就把麻雀悶死拿出來。

神看出了他的詭詐伎倆，說道：

「朋友，算了吧，你手裡的東西是死是活，全在於你。」

這則故事是說，神是無可指責的。

✦ 037 ✦

盲人

有個盲人，無論把什麼動物放到他的手裡，他只要摸一摸，就能說出那是什麼動物。

有一次，人們把一隻小山貓[11]的幼崽交給他，他摸了摸，猶豫不決地說：

「我不知道牠是狼的幼崽，還是狐狸的幼崽，或是別的什麼動物的小幼崽。不過有一點我可以肯定，那就是最好不要把這種動物放進羊群裡。」

同樣，壞人的本性往往會透過外表顯露出來。

11 小山貓又名猞猁。

·············· 農夫和狼 ··············

農夫解下犁套，把牛趕去飲水。

有隻飢餓的狼正在覓食，看見那犁，便去舔那牛套。牠不知不覺地把脖子一點點地伸了進去，卻怎麼也沒法退出來，強拉著犁在地裡跑。

農夫返回來，看見那狼，說道：

「壞東西，但願你真的不再偷竊，不再做惡，而改為耕種田地。」

壞人們也是這樣，即使他們宣稱要變好，也不會因此而得到人們的信任。

··············· 燕子和鳥類 ···············

槲寄生剛剛抽芽，燕子便認識到鳥類會面臨災難。

於是，燕子把所有鳥類都召集起來，勸牠們務必把槲寄生賴以生長的樹都砍掉，若是牠們無力做到，那就逃到人類那裡去，請求人們不要用槲寄生的黏膠來捕捉牠們。

鳥類都笑話燕子，說牠講傻話，燕子便飛到人類那裡，請求保護。人們覺得燕子有悟性，就把燕子留了下來，一起居住。

就這樣，其他鳥類都被人類捉來吃，唯獨請求庇護的燕子，無所恐懼地在人們的屋簷下做窩孵卵。

這則故事是說，能預見未來的人自然能避免危險。

·········· 占星師 ··········

有個靠觀察星空進行占卜的人，習慣每天晚上觀察星辰。

有一次，他來到郊外，把全部心思都放在觀察星空上，不知不覺掉進了井裡。他叫苦不迭，放聲呼喊。

有個行路人聽見他的喊聲，走過來詢問是怎麼回事，然後對他說：

「朋友啊，你想看清天上發生的事情，卻看不見地上的事情？」

這則故事適用於這樣一些人，他們吹噓自己非同尋常，但實際上連普通的事情都做不了。

⋯⋯⋯⋯⋯⋯⋯ 狐狸和狗 ⋯⋯⋯⋯⋯⋯⋯

狐狸鑽進羊群，抱起一隻正在吮奶的羊羔，做出親熱的樣子。

狗看見了，問道：「你在幹什麼？」

狐狸回答說：「我在照料牠，逗牠玩。」

這時狗說道：「既然如此，那麼如果你不放下羊羔，我就讓你嘗嘗狗的撫愛。」

這則故事適用於無賴和蠢賊。

⋯⋯⋯⋯⋯ 農夫和他的孩子們（之一）⋯⋯⋯⋯⋯

有個農夫臨終，希望自己的孩子們能懂得種地。

他把他們叫來，說道：「孩子們啊，有棵葡萄樹下面埋藏著我的財寶。」

農夫去世後，孩子們拿起鋤和鎬，把他們所有的田地都翻了個遍。

他們沒有找到財寶，然而葡萄卻給了他們好幾倍的收成。

這則故事說明，對於人們來說，勤勞就是財寶。

兩隻青蛙

　　池塘乾涸了，兩隻青蛙四處奔走，想找一處地方安居。

　　牠們來到一口井邊，一隻青蛙建議就這樣跳下去。這時另一隻青蛙說：

　　「要是這井裡的水也乾涸了，我們將怎麼上來呢？」

　　這則故事告誡我們，不可貿然行事。

青蛙要國王

　　青蛙為自己處於無領導狀態而苦惱，於是派代表去見宙斯，要求給牠們委派個國王。

宙斯見牠們太天真，便向池塘裡扔了塊木頭。

青蛙們起初聽見撲通一聲，嚇了一跳，都鑽到池塘深處。

後來那木頭停住不動，牠們就從水下鑽了出來，藐視那塊木頭，甚至爬上去坐在上面。

牠們對這個國王很不滿意，於是又去見宙斯，要求給牠們換一個國王，因為這第一個國王太遲鈍。

宙斯對牠們很生氣，就給牠們派去一條水蛇，讓牠們被水蛇抓了吃。

這則故事是說，現有的國王雖然遲鈍，也比擁有好製造混亂的國王要好。

✦ 045 ✦

牛和車軸

幾頭牛拉著一輛四輪大車。

車軸吱啞吱啞地叫，牛回過頭來對車軸說道：「喂，我們承受著全部重擔，你叫喚什麼？」

有些人也是這樣，別人艱難地幹活時，他們也裝著很賣力氣的樣子。

✦ 046 ✦

北風和太陽

北風和太陽爭比威力。

它們商定，誰能剝去行路人的衣服，誰就獲得勝利。

北風開始猛烈地颳，行路人抵擋著，把衣服裹緊。後來行路人冷得更厲害，便穿上更多衣服，直到北風颳累了，讓位給太陽。

太陽首先溫和地照耀。待行路人脫掉了過多添加的衣服後，太陽便照耀得猛烈一些，直到行路人熱得難受，脫掉衣服，跳進河裡洗澡。

這則故事是說，往往說服比強制更有效。

◆ 047 ◆

嘔吐內臟的小孩

一些人在野外宰牛獻祭，邀請鄉鄰一起享用祭宴。

來客中有個貧窮的婦女，和她一起來的還有她的一個孩子。

宴會進行中，那小孩不一會兒便被祭牲內臟和酒填飽了，肚子發脹，痛得難受，說道：「媽媽，我要把內臟吐出來了。」

母親回答說：「孩子，那內臟不是你的，是你吃下去的。」

這則故事適用於負債人，他們高高興興地拿了他人的錢，到了該償還的時候，他們便感到心痛，好像是從家裡把自己的東西拿出來。

◆ 048 ◆

未名鳥

波塔利絲是一種鮮為人知的鳥，被人掛在窗口，夜間鳴唱。

一隻蝙蝠飛來，問牠為什麼白天沉默，夜間唱歌。

波塔利絲鳥回答說，牠這樣做不是沒有原因的：原先牠白天唱歌，卻被人捉住，從此牠學聰明了。

蝙蝠說道：

「你不應該現在才小心提防，而應該在被捕捉之前，因為現在已經於事無補了。」

這則故事是說，既然已經失利，後悔也無濟於事。

⋯⋯⋯⋯⋯⋯⋯⋯ 牧牛人 ⋯⋯⋯⋯⋯⋯⋯⋯

牧牛人放牧牛群，丟了一頭小牛。

他到處尋找，都沒有找到，於是向宙斯祈禱，如果他能找到那個竊賊，他將用小山羊向神獻祭。

他走進一處樹林，看見獅子正在吞吃那頭小牛，他立即驚恐不已，連忙朝天舉起雙手，祈求道：

「主神宙斯啊，先前我曾經向你許願，如若我能找到那個竊賊，我將用小山羊向你獻祭，而現在，如若我能從這個竊賊手裡逃生，我將用一頭牛向你獻祭。」

這則故事適用於那些遭遇不順的人，他們一心想尋找某種東西，然而在他們找到後，又極力想逃避。

········· 黃鼠狼和愛神 ·········

黃鼠狼愛上一個相貌俊美的年輕人，祈求愛神把牠變成女人。女神憐憫牠的熱情，便把牠變成一個美麗的少女。

就這樣，那個青年一看見就愛上了她，把她領到自己家裡。

他們在屋裡坐下後，愛神想知道黃鼠狼的身體外形變了，習性是不是也改變了，於是便把一隻老鼠放到屋子中央。

黃鼠狼忘記當時的情境，就從床上站起來，去追捕那隻老鼠，想吃掉牠。

女神見了很生氣，把黃鼠狼變回原來的樣子。

同樣，有些人本性惡劣，即使他們相貌變了，他們的習性仍不會改變。

········· 農夫和蛇（之一）·········

一條蛇爬過來，把農夫的兒子咬死了。

農夫非常傷心，拿起一把斧頭來到蛇洞口，站在那裡等待，只要蛇一出來，就立即把牠砍死。

蛇終於露出頭來，農夫一斧頭砍下去，但沒有砍中蛇，而是砍到了旁邊的一塊石頭。

農夫擔心後患，就向蛇懇求，要和蛇和解。

蛇說道：「我一看見那石頭上的砍痕，就不會對你有好感，同樣，你一看見孩子的墳墓，也不會對我有好感。」

這則故事是說，深仇宿怨，難以消解。

················ **農夫和狗** ················

農夫遭遇風暴，被困在牧場。

他沒法出去為自己弄食物，就先把綿羊宰殺吃了。

風暴仍未停止，他又把山羊吃了。

風暴仍沒有減弱，他又把耕牛宰了。

那些狗看見他這樣做，就互相議論道：

「我們得離開這裡，因為既然主人都把與他一起耕作的牛吃了，他怎麼會放過我們呢？」

這則故事是說，對於那些會對自己家人行不義的人，應該特別提防。

············ **農夫和他的孩子們（之二）** ············

農夫的孩子們經常爭吵。

農夫對他們反覆勸說，但不管他怎麼勸，都說服不了他們。

他明白須得靠事實，才能做到這一點。於是農夫叫孩子們拿一捆樹枝來。

等他們把樹枝拿來後，農夫先是把整捆樹枝給他們，叫他們折斷。他們使勁折，也沒能把那捆樹枝折斷。

這時農夫把那捆樹枝解開，給他們每人一根樹枝。

等他們都很高興地把樹枝折斷後，農夫說道：

「孩子們啊，你們也一樣，要是你們能和睦一致，任何敵人都不可能戰勝你們，然而要是你們爭吵不休，那你們很容易被敵人征服。」

這則故事說明，和睦就強大，紛爭便容易被征服。

蝸牛

農人的孩子烤蝸牛。

他聽見那些蝸牛吱吱響，便說道：「壞東西，你們的房子都著火了，你們自己還唱歌？」

這則故事說明，一切不合時宜的行為都會遭人恥笑。

女主人和女奴們

有個寡婦很勤勉。她有一些女奴，她慣於夜裡公雞一啼鳴，就喚醒她們去幹活。

女奴們連續不斷地幹活，非常勞累，認為必須把家裡那隻公雞掐死，因為在她們看來，那公雞夜裡叫醒女主人，是她們不幸的根源。

結果，她們掐死公雞後，卻陷入更可怕的境地。原來女主人

不清楚夜裡公雞啼鳴的時刻，就更早地叫醒她們。

同樣，對於許多人來說，他們自己的算計是他們不幸的根源。

✦ 056 ✦

巫婆

有個女巫自稱能用各種巫術和咒語平息神的憤怒。她經常為人做這種事，從中獲得不少收入。

有些人據此控告她褻瀆神道，把她送上法庭，對她進行審判，判了她死刑。

有人看見她從法院裡被押解出來，就對她說道：「你宣稱能扭轉天神的心緒，怎麼連凡人都說服不了？」

這則故事適用於那些騙子和誇口能幹大事的人，他們實際上連小事也辦不了。

✦ 057 ✦

老太婆和醫生

有個老太婆害了眼病，請醫生醫治，設定了酬勞。

那醫生來給她治療時，每次都先給她糊上眼藥，然後乘她閉著眼睛的機會，順利拿走她家的一件器具。

在他拿走所有的東西，從而也結束對老太婆的治療後，他便索要預先講定的報酬。

老太婆不肯給，那醫生就把她帶到官員們那裡去。

老太婆承認約定過付酬，若是那醫生能治好她的眼病，可是經他醫治後，現在她的眼睛卻變得比以前更壞了。老太婆說道：

「以前我還能看見家裡所有的東西，現在卻什麼也看不見了。」

壞人們也是這樣，他們由於貪得無厭，而在不知不覺之中給自己留下罪證。

·························· 寡婦和母雞 ··························

有個寡婦養著一隻母雞，那母雞每天下一個蛋。寡婦想，若是她給雞多餵些飼料，也許母雞每天給她下兩個蛋。

於是她就這樣餵那母雞，結果那母雞長肥了，一個蛋也不下了。

這則故事是說，許多人由於貪心想多得，結果把現有的也失掉了。

·························· 黃鼠狼和銼刀 ··························

黃鼠狼進了一家鐵匠鋪。

那裡放著一把銼刀，黃鼠狼就去舔。結果牠把舌頭舔破了，流出好多血。

黃鼠狼很高興，以為牠舔出了鐵裡的什麼東西，直到把整條

舌頭都舔掉了。

這則故事說的是那些喜好爭吵，結果卻害了自己的人。

·················· 老人和死神 ··················

有一次，老人砍了柴，扛著它走很多的路。

老人走得累極了，便放下柴捆，呼喚起死神來。

死神真的出現了，問老人為什麼呼喚他，老人說：「為了請你把那柴捆舉起來。」

這則故事是說，人人都愛惜生命，即使他生活得很不幸。

·············· 農夫和幸運女神 ··············

有個農夫挖地，挖到一塊金子，於是他每天給土地女神獻花冠，以為那是受土地女神恩賜。

幸運女神出現在他面前，說道：

「朋友，那塊金子是我想讓你變富裕，送給你的，你為什麼把我的禮物算作土地女神的呢？如果機遇變了，這塊金子落到另一個人手裡，我知道你準會責備我幸運女神。」

這則故事是說，應當認清恩人，感謝他的恩惠。

············ 農夫和蛇（之二）············

冬天，農夫看見一條蛇凍僵了。

他很可憐牠，便拿起來放在懷裡。

那蛇受了暖氣後恢復本性，咬了恩人一口，使恩人受到致命傷。

農夫臨死時說道：「我憐惜惡人，應該受此惡報！」

這則故事說明，對惡人縱然極度仁愛，他們的本性也不會改變。

···············演說家德馬德斯···············

有一次，希臘演說家德馬德斯[12]在雅典對民眾發表演講。

他發現人們不怎麼注意聽，便請求大家允許他講一則伊索寓言。

在聽眾表示贊成後，他開始說道：「農業女神狄蜜特和燕子、鰻魚一起行路。他們來到一條河邊，燕子飛走了，鰻魚鑽進了水裡。」

他說完這些，便不再作聲。這時聽眾詢問道：「那狄蜜特怎樣了？」

德馬德斯回答說：「她正在生你們的氣呢，因為你們不關心

12 德馬德斯（Demades）是古希臘演說家，生活於前四世紀。

城邦事務，只想聽伊索寓言。」

那些愚蠢的人也是這樣，他們對該做的事情不用心，對有關享樂的事卻很在意。

✦ 064 ✦

················ 被狗咬了的人 ················

有人被狗咬了，到處找人醫治。

有個人告訴他，得用麵包擦傷口上的血，把麵包扔給咬他的那隻狗吃。

那人回答說：「要是我這樣做，那全城的狗都會來咬我了。」

人的惡習也是這樣，若是受到鼓勵，更會為非作歹。

✦ 065 ✦

················ 旅途中的第歐根尼 ················

犬儒派的第歐根尼[13]外出旅行，來到一條漲滿水流的河邊，站在渡口沒有辦法。

有個人經常背旅人過河，看見他在那裡犯難，便走過來，將他背過河去。

第歐根尼站在那裡稱讚那人心好，同時抱怨自己貧窮，無法

---

13 犬儒派是古代希臘的一個哲學派別，第歐根尼（Diogenes，前四世紀）是該派代表人物之一。犬儒派提倡回歸自然，第歐根尼遵奉該信條，在極度簡陋之中度過了一生。他的生活方式經常受到其他哲學派別的嘲笑。

報答對他行善的人。

　　當他還在這樣思考時，那人看見又有一個行路人過不了河，便趕緊跑過去，把那個行路人背過河。

　　這時第歐根尼上前對他說：

　　「我不想為剛才的事感謝你了，因為我看到，你這樣做並不是出於理智的決斷，而是由於病態。」

　　這則故事是說，對不需要予以行善的人卻熱心行善，不僅不會被視為善行，還會招來缺乏理智的罵名。

✦ 066 ✦

···················· 行路人和熊 ····················

　　兩個朋友一同出行。

　　突然一隻熊出現在他們面前，其中一個人趕緊爬上樹，藏了起來，另一個人看到難免被熊抓住，便倒在地上裝死。那熊向他伸過鼻子，仔細地嗅他，他屏住呼吸，因為據說熊是不碰死屍的。

　　等熊走了以後，那位朋友從樹上下來，詢問熊在他耳邊說了些什麼。這人回答說：

　　「熊說以後不要和那些不能共患難的朋友同行。」

　　這則故事是說，患難見知己。

年輕人和屠戶

兩個年輕人到一家店鋪買肉。

屠戶轉過身去時，其中一個人偷了一塊肉，塞到另一個人的懷裡。

屠戶轉過身來尋找那塊肉，那個偷肉的發誓說自己沒有拿，那個拿肉的說自己沒有偷。

屠戶看出了他們的詭詐伎倆，說道：「雖然你們可以發誓矇騙我，但是你們肯定騙不了神明。」

這則故事是說，我們發假誓即使能騙過凡人，但怎麼也騙不了神明，因為對神明是無可隱瞞的。

兩個行路人

兩個人一同行路。

其中一個人發現一把斧頭，另一個人說道：「我們撿到一把斧頭。」這時撿到斧頭的人要另一個人別說「我們撿到」，而是說「你撿到了」。

過了不久，那些丟了斧頭的人追上他們，那個拿著斧頭的人對另一個人說：「我們完了。」這時另一個人說道：「請你說『我完了』。要知道，當你撿到斧頭時，你並沒有把它當做是和我共有的。」

這則故事是說，有福不與朋友共享，遇難便不會有朋友同當。

兩個仇人

兩個仇人乘著同一艘船去航海，其中一個坐在船尾，另一個坐在船頭。

颳起了風暴，那艘船快要沉沒了。這時那個坐在船尾的人問船夫，船隻是船尾還是船頭先沉沒。當船夫回答說是船頭先沉時，那人說道：

「既然我將會看到仇人先我而死，那麼死亡對於我便不是痛苦的了。」

這則故事是說，許多人只要能看到仇人比自己先遭殃，就不在乎自己的損失了。

兩隻青蛙

兩隻青蛙是鄰居。

其中一隻住在遠離道路的深水塘裡，另一隻住在道路上的淺水窪裡。

住在深水塘的那隻青蛙勸另一隻也搬到牠那裡去，住進水塘，使生活更美好，更安全。

那隻青蛙不聽，說牠已在那裡住慣了，難以離開。後來，牠被過路的大車碾死了。

那些在不良習慣中生活的人也是這樣，在他們未及變好之前就死去了。

橡樹和蘆葦

橡樹和蘆葦爭論誰強大。

颳起了大風，蘆葦擺動著，一起隨風伏身，以免被連根拔起，而橡樹則極力迎風挺立，結果被颳倒了。

這則故事說明，不應該同強者競爭。

發現金獅子的膽小鬼

有個膽小而貪財的人發現了一隻金獅子，自言自語地說：

「我不知道現在會發生什麼事情。我的心都快要跳出來了，不知道怎麼辦才好。我特別愛財，同時又很膽小。這是一種什麼運氣，或者是哪位神造出了這隻金獅子？我的心靈現在在自我爭鬥。它愛金子，但又害怕這金製品。欲望激勵我去拿這意外的發現，心性又要我放棄它。啊，運氣把它給了我，可又不讓我去取它！一件不能給人快樂的財寶！神明的恩賜，又不是恩賜！這是怎麼回事？我該怎麼辦呢？我該採用什麼辦法？我現在回家去，把家人們帶來，大家一起動手，把它拿走，我則遠遠地旁觀。」

這則故事適用於不敢接觸和動用家財的富人。

⋯⋯⋯⋯⋯⋯⋯⋯⋯ 海豚和白楊魚 ⋯⋯⋯⋯⋯⋯⋯⋯⋯

海豚和鯨魚開鬥。牠們鬥了很長時間，越來越猛烈。

這時有條白楊魚〔14〕游上來，試圖勸牠們和解。

有隻海豚回答白楊魚說：「對我們來說，寧可打鬥到同歸於盡，也比讓你來調解來得好受。」

同樣，有些人本無足輕重，但遇上動亂，他們也自以為是什麼人物了。

⋯⋯⋯⋯⋯⋯⋯⋯⋯ 養蜂人 ⋯⋯⋯⋯⋯⋯⋯⋯⋯

有個人來到養蜂人那裡，趁主人不在，把蜂蜜和蜂巢偷走了。

養蜂人回來，看見蜂箱空了，就在那裡細細察看。

這時蜜蜂正好從原野回來，便逮住他，用刺狠狠地蜇他。

養蜂人對牠們說道：「嘿，壞透了的東西，你們放走那個偷你們巢房的人不懲罰，反而攻擊關心你們的人？」

有些人也是一樣，他們由於無知，對敵人不加防範，卻把朋友當做陰謀者驅逐。

14 此處原文有注：白楊魚是一種小魚。

海豚和猴子

有個人帶著一隻猴子航海。

忽然颳起風暴,船被打翻了。人們都游泳渡海,猴子也一起游著。

有隻海豚看見猴子,以為是人,便游到猴子下面,馱著猴子游。

當牠們到達雅典的珀賴歐斯港時,海豚問猴子是不是雅典人。猴子回答說是,並稱自己出身於當地的名門望族。海豚又問猴子知不知道珀賴歐斯。猴子以為說的是某個人,便說牠知道,還是牠的好朋友。

海豚對猴子說謊感到氣憤,便讓猴子沉進水裡,淹死了。

這則故事適用於好說謊的人。

鹿和獅子(之一)

鹿口渴,來到一處泉水邊。

牠喝著水,望著自己映在水裡的影子。牠為自己的角驕傲,看見它們是那麼高大,那麼多枝杈,不過牠對自己的那幾條腿又很惱怨,因為它們既細長,又缺乏力量。

鹿正在這樣思量時,出現了一頭獅子,向牠撲來。

鹿轉身便逃,把獅子遠遠拋在後面。要知道,鹿的力量表現在腿上,獅子的力量則隱藏在心裡。

就這樣，在空曠的平原上，鹿一直在前面奔跑，保住了性命。當牠們跑到一處樹林時，鹿的杈角被樹枝絆住，無法繼續奔逃，終於被獅子逮住了。

鹿在臨死前自語道：

「我真不幸，我原以為會背叛我的東西救了我，而我原引以為傲的東西卻讓我喪了命。」

同樣，危難時，那些遭懷疑的朋友常常成為救助者，而那些非常受信任的朋友卻常常成為背叛者。

✦ 077 ✦

鹿

有一頭鹿瞎了一隻眼睛。

牠來到海邊，在那裡吃草，用那隻好眼睛注視陸地，防備獵人襲擊，把那隻瞎眼睛對著大海，以為那個方面不會有什麼危險。

有一些人乘船從那地方經過，看見那頭鹿，射中了牠。鹿臨死時自語道：

「我真可憐，我原以為陸地危險，對它注意提防，逃來海邊，結果卻遭到更深重的災難。」

常常也這樣出乎我們的預料，看起來危險的事情，實際上卻是有益的，看起來有助於解除危難的事情，實際上卻免除不了危險。

鹿和獅子（之二）

鹿為逃避獵人，躲進一個山洞。洞裡有一隻獅子，把牠逮住了。

鹿臨死時說道：「不幸啊，我逃避獵人，卻落入了最凶殘的野獸手裡。」

這則故事是說，許多人為逃避小的危險，卻遭遇更大的危險。

鹿和葡萄樹

鹿為逃避一夥獵人的追捕，藏身於一處葡萄架下。獵人們從旁邊走了過去。

鹿以為躲過了危險，便開始啃起葡萄樹的葉子來。

這時有個獵人轉過身來，看見了。他帶著投槍，便把投槍擲過去，擊中了鹿。

鹿臨死時嘆息著自語道：「我遭此不幸是合理的，因為葡萄樹救了我，我不應該凌辱它。」

可以把這則故事講給人們聽，有些人恩將仇報，他們會受到神明的懲罰。

航海者

一些人登船航行。

他們到了海上，颳起強烈的風暴，眼看船將要沉沒。有個乘客撕扯著自己的衣服，又是悲哭，又是哀號，呼喚自己祖邦的神明，允諾若是他能得救，一定奉獻感恩的祭品。

後來風暴停息了，重新恢復平靜，他們便擺起宴席吃喝，舞蹈跳躍，慶祝他們幸運地躲過危險。

這時心靈堅強的舵手對他們說：「朋友們，要是風暴又來了，我們也應該這樣。」

這則故事教導人們不要過分慶幸一時的走運，要想到時運多變。

貓和老鼠

一所住宅裡有許多老鼠。

貓知道了，便去到那裡，把老鼠一隻隻抓來吃掉。

老鼠不斷遭捕殺，便躲進了洞裡。

貓捉不著老鼠，便決定用計將牠們引出來。於是貓便爬上一根木釘，吊在那裡裝死。

有隻老鼠偷偷探頭張望，看見貓，說道：「喂，你即使成了皮囊，我也不會到你那裡去的。」

這故事是說，聰明人吃過一些人的虧，便不會再上他們的當。

蒼蠅

有座庫房裡的蜂蜜漏了出來，許多蒼蠅飛來吃。

由於蜂蜜比水果更甜美，蒼蠅們都不想離開。牠們的腳陷進了蜂蜜裡，就再也飛不起來了。

在快要淹死的時候，蒼蠅們說道：「我們真不幸，由於貪圖一時的享受而喪命。」

對於許多人也是這樣，美食常常成為不幸的根源。

狐狸和猴子

在野獸的集會上，猴子翩翩起舞，很受歡迎，被選舉為王。

狐狸心中嫉妒，看見一個捕獸夾裡放著一塊肉，就把猴子領到那裡，說牠發現了這一美味，自己沒有動用，而是把它作為獻給猴子的皇家禮物保留著，勸猴子去拿。

猴子不假思索，就走了過去，被夾子夾住了。

猴子責怪狐狸陷害牠，狐狸說：「猴子啊，憑你這點心計，就能成為獸類之王？」

同樣，那些輕率從事的人不僅會陷入不幸，還會招人恥笑。

··········· 驢、公雞和獅子 ···········

　　從前，公雞和驢一起放牧。

　　獅子來襲擊驢，公雞一鳴叫，獅子就逃跑。據說獅子害怕公雞的叫聲。

　　驢以為獅子逃跑是因為害怕牠，就立即去追獅子。驢追到遠處，到了公雞的叫聲達不到的地方，獅子便轉過身來，把驢吃了。

　　驢臨死時大聲嘆道：「我真是既不幸又愚蠢，我本非出身將門，為什麼要投身於戰鬥呢？」

　　這則故事是說，很多人向假裝喪失戰鬥勇氣的敵人進攻，結果反被敵人消滅。

··········· 猴子和駱駝 ···········

　　在缺乏智慧的動物們的集會上，猴子站起來跳舞。

　　猴子的舞蹈很受歡迎，受到大家的稱讚。這引起了駱駝的嫉妒，牠也想得到大家的讚賞。

　　於是，駱駝站了起來，試了試步子，開始跳起舞來。

　　駱駝做出許多怪誕的樣子，野獸們都很生氣，用棍子揍牠，把牠趕跑了。

　　這則故事適用於那些出於嫉妒去和強者競爭，結果遭到不幸的人。

·············· **兩隻糞金龜** ··············

有頭牛住在一個小島上，兩隻糞金龜就靠這頭牛的糞便生活。

冬天來了，一隻糞金龜對另一隻說，牠想飛到大陸去，為的是讓另一隻單獨留下來，食物充裕些，牠自己則到那裡過冬。牠還說，要是牠在那裡能找到豐富的食物，牠還會給另一隻帶點回來。牠到了大陸，發現糞便很多，但很潮溼，就留在那裡生活。

冬天過去了，牠又飛回了島上。

另一隻糞金龜看見牠長得又油亮，又壯實，就責備牠，說牠曾經說得好好的，為什麼沒帶東西回來。這隻糞金龜回答說：「請不要責備我，還是責備那裡的自然條件吧，因為只能在那裡享用，卻什麼也帶不出來。」

這則故事適用於那些人，他們的友誼僅在於吃喝，此外不能給朋友任何幫助。

·············· **豬和羊** ··············

豬跑進羊群裡，同羊一起生活。

後來牧人來捉豬，豬大聲喊叫，拚命掙扎。

眾羊責備豬叫喊，說道：「那人不是也經常來捉我們，我們怎麼不叫喊？」

豬回答說：「捉我的意圖和捉你們是不一樣的，捉你們是為了要毛或要奶，捉我則是為了要肉。」

這則故事是說，當危險不是涉及財物，而是涉及生命時，人們哭喊是很自然的。

鶇鳥

鶇鳥在一棵桃金孃樹上覓食，果食非常甜美，不想離開。

捕鳥人發現牠喜歡在那裡逗留，便用黏膠把牠捕住了。

鶇鳥在被殺死之前說道：「我真不幸，貪求美食，失去了性命。」

這則故事適用於貪求逸樂的人。

生金蛋的雞

有人養著一隻雞，那雞生金蛋。

他以為雞肚裡有金塊，就把雞殺了，結果發現那隻雞和其他的雞一樣。

他本期望發一筆大財，結果連那一點收穫也失掉了。

這則故事是說，應當滿足於現有的東西，不要貪求。

⋯⋯⋯⋯⋯ 赫爾墨斯和雕塑匠 ⋯⋯⋯⋯⋯

赫爾墨斯[15]想知道自己在人間享受怎樣的崇敬，便化作凡人，來到一個雕塑匠的作坊。

他看見一尊主神宙斯的雕像，就問道：「這值多少錢？」

雕塑匠回答說：「值一個希臘銀幣。」

赫爾墨斯笑著問道：「神后赫拉的雕像值多少錢？」

雕塑匠答道：「還要貴一些。」

赫爾墨斯又看見自己的雕像，心想自己是神使，又是商人的庇護神，人們對他會敬重得多。於是，神明又指著赫爾墨斯的雕像問道：「這個值多少錢？」

雕塑匠答道：「要是你買那兩個雕像，我就把它免費送給你。」

這則故事適用於那種妄自尊大，與他人相比卻一文不值的人。

⋯⋯⋯⋯⋯ 赫爾墨斯和特瑞西阿斯 ⋯⋯⋯⋯⋯

赫爾墨斯想考驗特瑞西阿斯[16]的占卜靈不靈，就從牧場上偷了特瑞西阿斯的牛，然後進城去找他，化作凡人到他家作客。

特瑞西阿斯得知丟了兩頭牛，就帶著赫爾墨斯來到郊外，觀察鳥飛行顯示的偷竊徵兆，要赫爾墨斯看見了什麼飛鳥，都告訴他。

15 赫爾墨斯（Hermes）是主神宙斯的兒子，司畜牧、經商、旅遊等。
16 特瑞西阿斯（Tiresias）是底比斯人，古希臘傳說中著名的盲占卜師。

赫爾墨斯首先看見一隻鷹從左邊飛到右邊去，便告訴特瑞西阿斯。特瑞西阿斯說那與他們無關。而後赫爾墨斯又看見一隻冠鳥落在一棵樹上，時而仰望天空，時而俯視大地，他把這情況告訴了特瑞西阿斯。

　　這時特瑞西阿斯回答說：「這隻冠鳥衝著天，又衝著地，意思是說要是你願意，我就能找回自己的牛。」

　　讓人們把這個故事講給行竊的人聽吧。

·············· 蝮蛇和水蛇 ··············

　　蝮蛇經常去一處泉邊喝水。

　　水蛇在那裡居住，出來阻止，心中感到不快，責怪蝮蛇不滿足於自己的領地，竟然跑到牠的居處來。

　　牠們經常發生爭吵，並且愈演愈烈，最後雙方決定交戰，水陸領域全歸獲勝的一方。

　　交戰日期確定了，青蛙由於和水蛇有仇，便都跑到蝮蛇那裡，鼓勵牠，答應和牠一起作戰。

　　交戰開始了，蝮蛇向水蛇進攻，青蛙什麼事情也做不了，只能放聲吶喊。

　　蝮蛇獲得勝利以後，責備青蛙，說牠們曾經答應和牠一起作戰，結果不僅沒有援助牠，反而唱起歌來。

　　青蛙回答說：「朋友，你要知道，我們助戰不是用手，而是用聲音。」

　　這故事是說，在需要用手援助時，用語言援助是沒有用處的。

狗和主人

　　有人養一隻墨利特亞〔17〕狗和一頭驢，經常逗著狗玩耍。

　　一次他到外面吃飯，給狗帶回來一些食物，狗迎過來，搖著尾巴，他把食物扔給狗吃。

　　驢很羨慕，也跑了出來，又蹦又跳，踢著主人。

　　主人很生氣，命令人們打了驢一頓，牽去拴在牲口的食槽邊。

　　這則故事是說，並非所有的人生來都適於做同樣的事情。

兩隻狗

　　有個人養著兩隻狗，教一隻狗打獵，讓另一隻狗看家。

　　那隻獵狗去到野外，不管捉到什麼，主人都要從中扔給看家狗一份。

　　獵狗很生氣，指責看家狗說，牠自己出去打獵，每次都很辛苦，看家狗什麼都不幹，卻享受牠的辛勞。

　　看家狗回答說：「你不要責備我，還是責備主人吧，是他教我不用勞動，坐享他人辛勞的。」

　　同樣，有些孩子懶惰，不應該責備他們，因為是父母把他們教養成這樣的。

17　墨利特亞（Melithea）是希臘色薩利（Thessalia）地區一城市。

蝮蛇和銼刀

蝮蛇爬進了一家鐵匠鋪，向各種工具索要捐助。

在得到它們的捐助後，蝮蛇爬到銼刀那裡，要求銼刀也給牠捐助點什麼。

銼刀回答說：「你想從我這裡取走點什麼，就太愚蠢了，因為我是從來不給，只知道向大家索取的。」

這則故事是說，想從貪財的人那裡得到好處是愚蠢的。

母親和她的女兒們

有個婦人有兩個女兒，把一個嫁給種菜人，把另一個嫁給陶工。

過了些日子，她去探望嫁給種菜人的女兒，詢問她生活得怎麼樣。女兒回答說：「母親啊，其他一切都好，只是為我們求場大雨吧，好灌溉蔬菜，增加產量。」

她從那裡出來，又來到嫁給陶工的女兒家裡，同樣詢問她生活怎麼樣。女兒回答說：「母親啊，我們別的都很好，但請為我們祈求天氣晴朗，太陽再暖和些，好把坯子晾乾。」

這時母親回答說：「你希望天氣晴朗，你姊姊希望能夠下雨，我該為你們哪一個祈求呢？」

同樣，人們同時做兩件相反的事情，必然每件事情都會失敗。

丈夫和妻子

　　有人有個性情乖張的妻子，令所有人都感到煩惱，他想知道，她對娘家人是否也這樣。於是他找了一個合適的藉口，把她送回娘家去。

　　沒過幾天，妻子回來了，丈夫便詢問娘家人待她如何。妻子回答說：「那些放牛的牧羊的，都對我冷眼相看。」

　　這時丈夫說道：「妻子啊，要是那些清晨趕著牛羊出去，傍晚才回來的人都厭惡你，那些整天和你一起生活的人又會怎樣對待你呢？」

　　同樣，認識事情往往可以由小及大，由表及裡。

蝮蛇和狐狸

　　蝮蛇匍匐在一捆荊棘上，在河中漂浮。

　　狐狸看見了，說道：「船主和船很相稱。」

　　這則故事適宜嘲諷正在作惡的奸邪之徒。

小山羊和狼

　　小山羊落在羊群後面，有一隻狼追來。

小山羊轉過身來對狼說：「狼啊，我知道我會成為你的食物，不過為了不使我毫無尊嚴地死去，請你吹簫，我來跳舞。」

於是狼吹起簫來，小山羊起舞。

一群狗聽見了，便來追捕那隻狼。

狼回過頭來對小山羊說：「我這是活該，我本是個屠夫，就不該扮演樂手。」

有些人也是這樣，他們做事違背願望，錯失時機，反而會失掉到手的東西。

✦ 100 ✦

⋯⋯⋯⋯⋯⋯ 狼和小山羊 ⋯⋯⋯⋯⋯⋯

小山羊站在一座屋頂上，看見狼經過那裡，便對狼又辱罵，又嘲笑。

狼回答說：「辱罵我的不是你，而是地勢。」

這則故事是說，地利和機遇往往會賦予人反抗強者的勇氣。

⋯⋯⋯⋯⋯⋯ 賣神像的人 ⋯⋯⋯⋯⋯⋯

有人製作了一個赫爾墨斯木像，拿到市場上去。

由於沒有人前來購買，他為了招引顧客，便大聲吆喝，說有賜福守財的神出售。

這時有個路過的人對他說：「朋友，這位神既然這麼好，你應該自己享受他的好處，為什麼要出售他？」

那人回答說：「因為我需要的是某種迅速可得的利益，而他卻慣於慢慢地生利。」

這則故事適用於那種貪得無厭和侮慢神明的人。

⋯⋯ 宙斯、普羅米修斯、雅典娜和摩摩斯 ⋯⋯

天神宙斯、普羅米修斯和雅典娜給世間造物時，宙斯造了牛，普羅米修斯造了人，雅典娜造了房屋，然後讓喜好挑剔、責難的神摩摩斯來評判。

摩摩斯[18]針對他們的作品說道：宙斯造牛有失誤，沒有把眼睛安在牛角上，好讓牛看見牠撞到什麼地方；普羅米修斯也有失誤，因為他沒有把人的心安在體外，好使壞人無法隱藏，每個人心裡在想什麼都能一目瞭然。至於雅典娜的造物，摩摩斯說，雅典娜應該給房子安上輪子，若是有人與壞人毗鄰，可以很容易

---

18 摩摩斯（Momos）是黑夜之子，挑剔之神。這一寓言在古希臘羅馬流傳很廣，亞里斯多德曾經引用它（參閱《動物的結構》，III,2,662a）。

地遷徙。

　　宙斯對摩摩斯的指責很氣憤，把摩摩斯趕出了神界奧林帕斯[19]。

　　這則故事是說，任何東西都不可能完美得無可挑剔。

✦ 103 ✦

·························· 穴鳥和鳥類 ··························

　　宙斯想給鳥類立王，給牠們指定日期，要牠們到時候都來參加，以便給牠們立最美麗的鳥為王。

　　穴鳥知道自己形狀醜陋，就去收集其他鳥類脫落的羽毛，把它們插到自己身上用膠黏住。

　　到了指定日期，眾鳥來到宙斯面前。宙斯看見穴鳥美麗，打算立牠為鳥類之王。

　　眾鳥很生氣，一個個都從穴鳥身上扯下自己的羽毛，於是穴鳥仍然是以前的穴鳥。

　　這則故事是說，那些負債人拿著別人的錢，顯得很體面，但是一旦把那些錢還了，他們就現出了原形。

19 奧林帕斯（Olympos）是希臘北部一高峰，相傳古希臘神話中的眾神靈就住在那裡。

赫爾墨斯和地

宙斯造了男人和女人，讓赫爾墨斯帶領他們到大地上去，指點他們翻地和種植。赫爾墨斯遵命而行。

地神起初進行阻撓，後來赫爾墨斯逼迫他接受，聲稱那是宙斯的安排。地神說道：

「他們想怎麼翻耕就讓他們怎麼翻耕吧，他們會悲嘆、哭泣著做償還。」

這則故事適用於那些輕易地借債，痛苦地償還的人。

赫爾墨斯

宙斯讓赫爾墨斯給所有的手藝人都撒上撒謊藥。

赫爾墨斯研好藥，給每個人都適量地撒一點。當只剩下皮匠未撒時，還留有好多藥。赫爾墨斯便端起研缽，全都撒到他們身上。結果，所有的手藝人都好撒謊，皮匠尤甚。

這則故事適用於好撒謊的人。

·················· 宙斯和阿波羅 ··················

宙斯和阿波羅〔20〕比賽射箭。

阿波羅拉開弓，射出一箭，宙斯抬腳跨出一步，就如阿波羅射出的箭那麼遠。

同樣，與強者競爭不僅不會勝出，還會招人恥笑。

·················· 馬、牛、狗和人 ··················

宙斯造人時，只賦予人不長的壽命。

人憑著自己的智慧，在冬季來臨時給自己蓋房子，住在裡面。

天氣變得非常寒冷，宙斯還下起雨來，馬抵禦不了寒冷，便跑到人那裡去，請求保護。人說，除非馬把自己的一部分壽命給人，否則不保護牠。馬高興地同意了。

過了不久，牛也耐不住嚴寒。人同樣對牛說，除非牛把自己一定數量的壽命讓給人，否則也不收留牠。牛獻出一部分壽命，被人收留了。

最後，狗凍得要命，也跑來分出自己的一部分壽命，得到了保護。

就這樣，人在宙斯給的年歲裡純潔而善良，在馬給的年歲裡好炫耀自己，高傲自負，到了牛給的年歲開始能吃苦耐勞，而到

---

20 阿波羅是宙斯的兒子，古希臘神話中的太陽神、藝術之神和射神。

了狗給的年歲，變得容易發怒，好發脾氣。

這則故事適用於容易發脾氣、性情固執的老人。

宙斯和烏龜

宙斯結婚，設宴款待所有的動物，唯獨烏龜沒有出席。

宙斯感到迷惑不解，就詢問烏龜未到的原因。

烏龜說：「家可愛，家最好。」

宙斯對烏龜很生氣，就讓牠總是馱著家到處跑。

這則故事是說，很多人寧願在家簡樸度日，也不想在他人那裡奢侈地生活。

宙斯和狐狸

宙斯欣賞狐狸心靈聰明機智，就把獸類的王冠賜給了牠。

宙斯想知道，狐狸的命運改變了，牠的貪婪本性是不是也改變了。於是，當狐狸坐著轎子出行時，宙斯就在狐狸面前放出一隻糞金龜。那隻糞金龜繞著轎子飛來飛去，狐狸忍耐不住，就不顧身分，跳了起來，想抓那隻糞金龜。

宙斯對狐狸很生氣，把狐狸恢復成原先的地位。

這則故事是說，鄙俗之人即使穿戴起華麗的服飾，他們的本性也不會改變。

⋯⋯⋯⋯⋯⋯⋯⋯ 宙斯和人 ⋯⋯⋯⋯⋯⋯⋯⋯

宙斯造人，讓赫爾墨斯把智慧灌進人體。

赫爾墨斯給每個人灌進相等量的智慧。結果個子小的充滿了智慧，成為聰明的人，個子大的只灌到膝頭，灌不滿全身，因此比較遲鈍。

這則故事適用於身材魁梧，但心靈愚鈍的人。

⋯⋯⋯⋯⋯⋯⋯⋯ 宙斯和羞恥 ⋯⋯⋯⋯⋯⋯⋯⋯

宙斯造人，立即給人裝進了各種感情，惟獨忘了裝進羞恥。

宙斯感到困惑，該從哪裡把羞恥裝進去。於是他吩咐羞恥從後面進去。

羞恥起初表示反對，覺得受到屈辱，但後來迫不得已，只好說：「好，我進去，但是有個條件：若是還有什麼在我之後進去，那我就立即離開。」

由此，所有的淫蕩之人都不知道羞恥。

這則故事適用於放蕩之徒。

守護神

有人家裡供奉著守護神，經常奢侈地給神獻祭。

他耗費很多，為獻祭花費很多錢，這時守護神夜裡出現在他面前，對他說：

「朋友，不要再這樣耗費自己的錢財了。要是你把錢都花光，變成個窮人，到時你會埋怨我的。」

同樣，許多人由於自己考慮不周而陷入不幸，卻把原因歸咎於神。

赫拉克勒斯和普路托斯

大英雄赫拉克勒斯[21]成神以後，主神宙斯設宴招待，赫拉克勒斯與每一位神殷切地致意問候。最後財神普路托斯[22]進來了，赫拉克勒斯卻低下頭，轉過身去。

宙斯對此感到奇怪，向赫拉克勒斯詢問原因，說他對所有其他的神都熱情交談，為何唯獨對普路托斯側目而視。

赫拉克勒斯回答說：「我對他側目而視，是因為我在人間時總是看見他和壞人在一起。」

讓那些由於運氣而致富，論品性卻很惡劣的人聽聽這則故事吧！

21 赫拉克勒斯（Heracles）是古希臘神話中著名的英雄，曾經完成各種艱難的苦差事，死後被接到天上，成為神靈。
22 普路托斯（Ploutos）是古希臘神話中的財神。

················· 螞蟻和蟬 ·················

　　冬天，螞蟻們翻晒受潮的糧食，一隻飢餓的蟬向牠們求討食物。

　　螞蟻問蟬道：「夏天你為什麼不儲存點糧食呢？」

　　蟬回答說：「那時我沒有工夫，忙著唱悅耳的歌。」

　　這時螞蟻笑著說道：「既然你夏天吹簫，那麼冬天就跳舞吧！」

　　這則故事是說，對任何事情都得預先有所操慮，才能避免不幸和危險。

金槍魚和海豚

金槍魚被海豚追趕，嗖嗖地拚命躥游。

金槍魚差一點就要被逮住時，猛力向前一衝，衝上了沙灘。海豚尾追其後，也一起衝上沙灘。金槍魚回頭看見海豚就快死了，說道：

「我的死也不可悲，因為我看見置我於死地的那傢伙正在同我一起死去。」

這則故事是說，人們看見製造災難的人遭殃，自己也就比較容易忍受遭到的災難了。

醫生和病人

醫生給病人治病。

病人死了，醫生對送殯的人們說：「這個人如果戒了酒，灌了腸，就不會喪命了。」

一個在場的人對他說：「無比高明的醫生，你不應該現在說這些，現在已經沒有任何用處了，而是該在這些話還能起作用時規勸他。」

這則故事是說，應該在朋友需要幫助的時候幫助他們，而不應該在事情無望後說空話。

捕鳥人和眼鏡蛇

捕鳥人拿著槲樹膠和黏竿去捕鳥。

他看見一隻鷯鳥停在一棵大樹上,很想捉到牠。於是他把黏竿接長,集中注意力,聚精會神地望著空中。

他這樣仰著頭,無意中踩著一條正匍匐在地上的眼鏡蛇,那蛇轉過身來咬了他一口。捕鳥人臨死時自語道:

「我真不幸,我一心想捕捉別人,卻無意中被人捉住,送了命。」

同樣,有些人陰謀陷害與自己親近的人,他們往往自己先遭不幸。

螃蟹和狐狸

螃蟹從海裡爬上一處岸灘,在那裡居住。

一隻狐狸缺少吃的正餓著,看見了牠,就跑過去把牠捉住。

就要被吃掉的時候,螃蟹說道:「我真是活該,我本是海裡的動物,卻想在陸地上生活。」

同樣,有些人拋開自己習慣從事的事業,去做不相干的事情,從而遭不幸。

駱駝和宙斯

駱駝看見牛炫耀自己的角,很是妒忌,希望自己也能有同樣的東西。於是牠去宙斯那裡,請求也給牠兩隻角。

宙斯見駱駝不滿足已有的高大身軀和力量,還想要更多東西,很生氣,於是不僅沒有給牠角,反而還把牠的耳朵截去一部分。

許多人生性貪婪,嫉妒他人,結果在不知不覺中連自己的東西也失掉了。

河狸

河狸是四足動物,生活於池沼之中。據說牠的生殖器有療效,因此人們只要一看見牠,就努力追捕。

河狸知道自己為什麼被追捕,牠先是憑藉腿的敏捷迅速逃跑,以求保住完整的身體。當牠快被追上的時候,牠便咬下自己的生殖器官拋掉,以保全性命。

同樣,聰明人為了挽救自己的生命,從不顧惜錢財。

種菜人

種菜人給菜澆水，有人前來詢問他，為什麼野生的菜生長旺盛茁壯，栽種的菜卻那麼瘦弱，奄奄一息。

種菜人回答說：「地是野生的菜的母親，是栽種的菜的繼母。」

同樣，繼母撫養孩子和親娘撫養孩子也不一樣。

種菜人和狗

種菜人的狗掉到井裡。

種菜人想把狗救上來，便下到井裡去。那狗疑惑主人為什麼也來到牠那裡，以為是想把牠捺進水裡去，於是便咬了主人一口。

種菜人忍著傷痛說道：「我這是活該，你自己想找死，我為什麼要來救你呢？」

這則故事適用於那種不知感恩、以惡報德的人。

彈唱歌手

有個豎琴彈唱歌手缺乏天分，不斷在粉刷過的室內彈唱。

他聽著牆壁反射的回聲，以為自己的嗓音很好。他頗得意，認為應該登臺表演。

他去演唱了，但唱得很糟，人們向他扔石頭，把他轟走。

同樣，有些演說家在學校裡表現得還可以，但當他們直接投入社會政治生活時，便毫不中用。

⋯⋯⋯⋯⋯⋯⋯⋯⋯ 小偷和公雞 ⋯⋯⋯⋯⋯⋯⋯⋯⋯

一些小偷竄進一戶人家，沒有找到什麼東西，只找到一隻公雞，便捉了公雞溜走。

公雞就要被殺的時候，請求小偷們放了牠，說牠對人有益，夜裡喚醒人們起來勞作。小偷們說：「正因為如此，我們更要殺死你，因為你喚醒人們，使我們無法偷竊。」

這則故事是說，對好人有益的事情往往特別令壞人憎惡。

⋯⋯⋯⋯⋯⋯⋯⋯⋯ 穴鳥和渡鴉 ⋯⋯⋯⋯⋯⋯⋯⋯⋯

有隻穴鳥體型比其他穴鳥都大，因此瞧不起自己的同類。

牠跑到渡鴉那裡去，認為自己應該和渡鴉一起生活。渡鴉們辨認出牠的模樣和聲音，就攻擊牠，把牠趕走了。

那隻穴鳥被渡鴉趕走後，又回到穴鳥群中。穴鳥們對牠的傲慢很生氣，不願再接受牠。就這樣，那隻穴鳥兩邊都沒有了住處。

有些人也是這樣，他們離開祖國，投靠異邦，結果既不受異邦人尊重，也遭同邦人厭棄。

⋯⋯⋯⋯⋯ 渡鴉和狐狸 ⋯⋯⋯⋯⋯

　　渡鴉撿到一塊肉，落在一棵大樹上。

　　狐狸看見了，想得到那塊肉，便站在那裡，誇讚渡鴉身材既高大，又美麗，說牠最適合做鳥類的王，要是牠能發出聲音，那就完全沒有問題了。

　　渡鴉想向狐狸表明自己能發出聲音，便拋掉肉，大叫起來。

　　狐狸跑過去，抓到那塊肉，說道：「渡鴉啊，要是你也有智慧，那你當鳥類之王便什麼也不缺了。」

　　這則故事適用於愚蠢的人。

⋯⋯⋯⋯⋯ 冠鳥和渡鴉 ⋯⋯⋯⋯⋯

　　冠鳥羨慕渡鴉能憑徵兆給人們占卜，預示未來，甚至人們以渡鴉的名義作證，冠鳥也想這樣。

　　牠看見幾個行人從旁邊經過，便飛到一棵大樹上，在那裡大叫起來。

　　行人們聞聲都轉過身去，感到驚詫。這時他們中的一個人說道：

　　「朋友們，我們走吧，那是一隻冠鳥，儘管牠大聲叫喊，也不會有什麼預兆。」

　　同樣，有些人同強者競爭，不但不會成功，還會招來恥笑。

········· **穴鳥和狐狸** ·········

有隻穴鳥腹中飢餓，落在一棵無花果樹上。

牠看見一些無花果還是青的，便留在那裡，等待它們成熟。

狐狸看見穴鳥總是待在那裡，便詢問穴鳥原因，然後說道：

「朋友啊，你真糊塗，你懷抱著希望，然而那希望只能讓你感到寬慰，卻怎麼也不能給你充飢。」

這則故事適用於喜好爭強鬥勝的人。

········· **冠鳥和狗** ·········

冠鳥向雅典娜獻祭，邀請狗去參加祭宴。

狗對冠鳥說：「那位女神如此憎恨你，讓你的徵兆失去靈驗，你為什麼還要白白耗費這些祭品？」

冠鳥回答說：「我給她獻祭，正是因為我知道她對我總是懷有憎恨，希望她能改變對我的態度。」

同樣，許多人正是由於害怕敵人，便毫不猶豫地為敵人效力。

········· **渡鴉和蛇** ·········

渡鴉正尋找吃食，看見蛇躺在一處陽光充足的地方，便猛撲

下去，把蛇抓住。

蛇轉身昂起，咬了渡鴉一口。

渡鴉臨死前說道：「我真不幸，發現了這意外的食物，卻由此喪命。」

這則故事適用於為了尋找財寶而拿生命去冒險的人。

◆ 131 ◆
⋯⋯⋯⋯⋯⋯⋯⋯⋯穴鳥和鴿子⋯⋯⋯⋯⋯⋯⋯⋯⋯

穴鳥見鴿子在鴿舍受到精心餵養，便把自己刷白，去到鴿子那裡，好與鴿子一起享受好生活。

穴鳥暫時默不作聲，鴿子以為牠也是隻家鴿，就讓牠一起生活。

有一次，穴鳥不小心叫了一聲，鴿子立即認出牠，就驅趕牠。

穴鳥在那裡得不到吃的，就重新回到同類中間。

由於身體顏色不同，穴鳥們不認牠，不讓牠同牠們一起生活。

就這樣，穴鳥追求兩種生活，結果哪一種也沒能得到。

這則故事說明，我們應該滿足於自己所擁有的東西，並且記住，貪圖無益的東西往往會使現有的東西失掉。

◆ 132 ◆
⋯⋯⋯⋯⋯⋯⋯⋯⋯⋯⋯胃和腳⋯⋯⋯⋯⋯⋯⋯⋯⋯⋯⋯

胃和腳爭論誰的力量大。

每次腳都說自己力量如此強大，能支撐住整個肚子，胃反駁說：

「朋友啊，要是我不接收食物，那你們就支撐不了了。」

軍隊中也是這樣，如果士卒缺少智慧，人再多也沒有用。

✦ 133 ✦
┈┈┈┈┈┈┈ 逃走的穴鳥 ┈┈┈┈┈┈┈

有人捉住一隻穴鳥，用麻繩拴住牠的一隻腿，交給孩子。

穴鳥不願和人一起生活，偶爾得到一點自由，便逃回了自己的窩裡。後來麻繩被小樹枝纏住，牠沒法再飛起來。

穴鳥臨死時自言自語地說：「我真不幸，我不願忍受人類的奴役，不料卻斷送了自己的性命。」

這則故事適用於這樣一些人，他們本希望能擺脫一般的危險，結果在無意中反而陷入更大的不幸。

✦ 134 ✦
┈┈┈┈┈┈┈┈ 狗和廚師 ┈┈┈┈┈┈┈┈

狗鑽進廚房，見廚師正在忙碌，便抓了一顆心逃跑。

廚師轉身，看見狗正逃跑，便說道：

「你這傢伙，無論你在哪裡，我都會提防你，因為你不是從我這裡拿走了一顆心，而是給了我一顆心。」

這則故事是說，人們常常吃一塹，長一智。

獵狗和狐狸

獵狗看見獅子，立即就去追趕。

獅子回過頭來放聲一吼，獵狗嚇得馬上掉頭就跑。

狐狸看見了，對獵狗說：「啊，多笨的腦袋，你連獅子的吼聲都承受不住，還要去追牠？」

這則故事可以講給那些自高自大的人聽，他們喜好背後詆毀比他們強很多的人，然而等那些比他們強的人出現在他們面前時，他們就立刻退縮了。

銜肉的狗

狗銜著一塊肉渡河。

牠望見自己在水裡的影子，以為那是另一隻狗，銜著一塊更大的肉。於是牠放掉自己的這塊肉，衝過去奪那塊肉。

結果，牠把兩塊肉都失掉了：另一塊牠沒有得到，因為它本來就沒有，而這一塊，卻被河水沖走了。

這則故事適用於貪婪的人。

狗和狼

狗在一處畜棚前睡覺，狼看見了，想把狗捉了吃掉。

狗求狼這一次放了牠，說道：「我現在身體既小又瘦弱。我的主人正準備舉行婚禮，要是你現在放過我，以後你可以拿肥很多的我好好飽餐一番。」

狼聽信狗的話，放過了狗。

過了幾天，狼又來了，看見狗在屋頂上睡覺，就叫狗下來，提醒牠以前的約定。

這時狗回答道：「狼大哥，要是你以後再看見我在畜棚前睡覺，你就不要再等什麼婚禮了。」

聰明人也是這樣，他們遇到某種危險得以擺脫後，會一直小心提防。

飢餓的狗

幾隻狗正餓著肚子,看見一條河裡浸泡著一些獸皮。

牠們搆不到那些獸皮,於是互相商量,認為得先喝水,如此就可以把獸皮搆著。

結果,牠們沒等到搆著獸皮,就都喝得脹破了肚皮。

有些人也是這樣,他們為追求不可靠的利益而不辭辛勞,但還未等到他們期望的東西,就力竭身亡了。

獵狗和野兔

獵狗捉住一隻野兔,時而咬牠,時而舔牠的嘴脣。

野兔制止獵狗說:「你這傢伙,你或者停止咬我,或者停止親我,好讓我知道,你究竟是我的敵人,還是我的朋友。」

這則故事適用於態度不明朗的人。

蚊子和公牛

蚊子落在一頭公牛的角上,在那裡停留了很久。

牠準備離開的時候,問公牛想不想讓牠離去。

公牛回答道:「你來的時候我並不知道,要是你離去,我也

不會知道。」

　　這則故事適用於無能之輩。這種人無論存在與不存在，於事都既無害，也無益。

✦ 141 ✦

·············· 核桃樹 ··············

　　核桃樹生長在一條路旁，行路人常常用石頭砸它。

　　核桃樹自語地嘆息道：「啊，我真不幸，每年都給自己招來侮辱和悲傷。」

　　這則故事適用於那些因自己行善而招來痛苦的人。

✦ 142 ✦

·············· 駱駝 ··············

　　駱駝被自己的主人逼迫跳舞，駱駝說道：「我不用說跳舞，就連走路都不好看。」

　　這則故事適用於所有那些行為舉止不合適的人。

✦ 143 ✦

·············· 兔子和青蛙 ··············

　　有一次，兔子們聚到一起，互相悲嘆牠們的生活，充滿多少

危險和恐懼。要知道，牠們經常被人、狗、鷹和許多其他動物殺害，因此在牠們看來，即使一死，也比一生充滿驚恐強得多。

牠們這樣決定以後，就一起奔向池塘，好跑進去淹死。

池塘周圍蹲著許多青蛙。牠們聽見跑動的響聲，就立即跳進了池塘。

有一隻兔子顯得比其他兔子敏悟一些，說道：「夥伴們，快站住，沒有什麼可怕的，不用去自殺。你們看，有些動物比我們還膽小呢。」

這則故事是說，陷入不幸的人們往往從他人更大的不幸中獲得安慰。

◆ 144 ◆
海鷗和雀鷹

海鷗吞下一條魚，把喉嚨撐破了，死後躺在海灘上。

雀鷹看見了，說道：「你這是活該，生來是鳥類，卻要在海上生活。」

同樣，有些人拋開自己慣常的事業，去做不相宜的事情，自然會遭到不幸。

◆ 145 ◆
獅子和農夫（之一）

獅子愛上農夫的女兒，向他的女兒求婚。

農夫不願把女兒嫁給野獸，但由於害怕，又不敢拒絕，於是他想出一個主意。

獅子再三要求，農夫說，他覺得獅子做他女兒的新郎很相配，但除非獅子把牙齒拔掉，把爪子剁掉，否則他不能把女兒嫁給他，因為它們都使女孩子害怕。

獅子由於愛情心切，輕易地答應了這兩項要求。

農夫從此便不再把獅子放在眼裡，獅子再來時，便用棍子揍獅子，把獅子趕跑了。

這則故事是說，有些人輕易相信敵人的話，放棄自己的優勢，結果很容易被先前害怕他們的人制服了。

◆146◆

⋯⋯⋯⋯⋯⋯⋯⋯⋯ 獅子和青蛙 ⋯⋯⋯⋯⋯⋯⋯⋯

獅子聽見青蛙咯咯咯地放聲大叫，便轉向發出聲音的方向，以為是什麼巨大的動物。

獅子等了一會兒，看見青蛙從池塘裡爬出來，便上前把青蛙踩在腳下，說道：「沒親眼看見之前，不要只聽見聲音就怕。」

這則故事適用於誇誇其談的人，他們除了嘮叨不休外，別無所能。

·············· 獅子和狐狸 ··············

獅子年老了，不能再憑力量為自己獲得食物，知道必須靠心計達到這一點。

於是牠鑽進山洞，躺在那裡裝病，把前來探望牠的那些野獸捉來吃。許多野獸就這樣喪了命。

狐狸看出了獅子的計謀，牠到來後，遠遠站在洞外，探問獅子身體怎麼樣。

獅子答稱「身體不好」，並問牠為什麼不進洞裡來。

狐狸回答說：「要是我沒看到有許多野獸進去的足跡，卻沒一個野獸出來的足跡，那我也進去了。」

同樣，聰明人能夠根據跡象進行預測，從而避免危險。

·············· 獅子和公牛 ··············

獅子想吃掉大公牛，便想出一個計策。

獅子邀請公牛赴宴，對公牛說：「我宰殺了一隻綿羊，朋友，如果你願意，今天就讓我們一起用餐。」

獅子是想趁公牛躺著的時候，把公牛吃掉。

公牛來了，看見有很多瓦鍋，很大的鐵叉，卻不見一頭綿羊。公牛看到這些，便離開了。

獅子責備公牛，詢問公牛離開的原因。

公牛說道：「獅子啊，我不是無緣無故想逃走。要知道，我

看到這裡準備的一切不是要吃羊，而是要吃牛。」

這則故事是說，壞人的伎倆蒙騙不了聰明人。

················· 獅子和農夫（之二）·················

獅子闖進了農夫的畜廄。

農夫想逮住獅子，便把院門關上。獅子出不去，便先咬死了羊，然後又撲向牛群。農夫為自己擔心，才把院門打開。

獅子離開後，妻子見農夫不斷嘆息，便說道：

「你遭這不幸是應該的。要知道，你本來離牠老遠就該發抖，為什麼想要把牠關起來呢？」

同樣，激怒強者，必然會為自己招來不幸的結果。

················· 獅子和海豚 ·················

獅子在海邊散步。

牠看見海豚探出頭來四處張望，便向海豚建議互相結盟，說牠們結為盟友，互相幫助最合適，因為海豚是海中動物之王，而牠自己是陸上動物之王。海豚欣然同意了。

過了不久，獅子和野牛發生爭鬥，呼喚海豚來給牠助戰。當海豚想從海裡登上岸來，卻沒能做到時，獅子指責牠背叛。

海豚回答說：「請你不要責備我，還是去責備自然吧，是它

使我成為海獸，不讓我上陸的。」

因此，我們結盟時，應該選擇那些能在遇到危險時給我們提供幫助的人。

⋯⋯⋯⋯⋯⋯⋯⋯⋯ 怕老鼠的獅子 ⋯⋯⋯⋯⋯⋯⋯⋯⋯

獅子正在睡覺，一隻老鼠從牠的嘴邊跑過。獅子站起來四下尋找是什麼動物走近牠。

狐狸看見了，責備牠身為獅子，卻害怕老鼠。

獅子回答說：「我並不是怕老鼠，而是牠的膽大妄為令我氣憤。」

這則故事告誡聰明人，即使事情不大，也不可藐視。

＋ 152 ＋

⋯⋯⋯⋯⋯⋯⋯⋯⋯ 獅子和熊 ⋯⋯⋯⋯⋯⋯⋯⋯⋯

獅子和熊捕獲到一頭小鹿，為了爭奪那鹿而廝打起來。

牠們互相打得很厲害，直打得兩眼發黑，半死不活地倒在地上。

有隻狐狸從那裡路過，看見獅子和熊躺在地上，在牠們中間倒著一頭小鹿，便過去把小鹿背起來，帶著離開了。

獅子和熊都無力站起來，彼此說道：「我們真是活該，為狐狸辛苦了一場。」

這則故事是說，有些人看見自己辛苦勞動的成果被偶然碰見的人拿去，他們感到不快是應該的。

獅子和兔子

獅子碰見一隻兔子正在睡覺，想把兔子吃掉。

這時牠看見一頭鹿從旁邊經過，便丟下兔子去追鹿。

兔子被聲音吵醒，站起來逃跑了。

獅子追鹿追了很久，看到不可能追上，便又朝兔子走來。當牠發現兔子已經逃走時，說道：

「我這是活該，竟然丟下到手的肉食，去追求更大的希望。」

同樣，有些人不滿足較小的利益，結果不知不覺把手頭的利益也失掉了。

獅子、驢和狐狸

獅子、驢和狐狸互相約定，合夥去打獵。

牠們獵得了很多野獸，獅子叫驢給牠們分配獵物。

驢把獵物分成三份，請獅子先為自己挑選，獅子大怒，便撲過去，把驢吃了。

獅子再叫狐狸分配。

狐狸把所有的獵物堆成一堆，只給自己留下很少的東西，請

獅子去拿。

　　獅子問狐狸，是誰教牠這麼分的。

　　狐狸回答說：「驢的遭遇。」

　　這則故事是說，應該從鄰人的不幸遭遇吸取教訓。

·········· 獅子和老鼠 ··········

　　獅子正在睡覺，一隻老鼠爬到牠身上。獅子站起身來，抓住老鼠，想把老鼠吃掉。

　　老鼠求獅子放了牠，說若能不死，必定報答。獅子一笑，把老鼠放了。

　　過了不久，獅子真的由於老鼠報恩而得救。

　　原來，獅子被一夥獵人逮住，用繩子綁在一棵樹上。老鼠聽見獅子的嘆息聲，便跑過去咬斷繩子，把獅子放了，對獅子說：

　　「你當時曾經笑話我，不指望從我這裡得到回報，可如今你知道了，老鼠也是能夠報恩的。」

　　這則故事說明，時運變幻莫測，有時甚至強者也需要弱者幫助。

·········· 獅子和驢 ··········

　　獅子和驢約定一起去打獵。

牠們來到一處山洞，那洞裡居住著野山羊。

獅子站在山洞口，監視山羊走出來，驢則進入山洞，對著山羊又蹦又吼，嚇唬山羊。

獅子捉到很多山羊後，驢走出洞來，問獅子，牠是否戰鬥得很出色，成功地把山羊都趕了出來。

獅子回答道：「我告訴你吧，要是我不知道你是驢，我也會怕你的。」

同樣，有些人在瞭解他們的人們面前吹噓，自然會招人恥笑。

◆ 157 ◆

強盜和桑樹

強盜在路上殺了人。

有些人發現了，追趕他。他扔下死者，渾身血汙地逃跑。

有行路人和他迎面相遇，詢問他兩手為什麼被弄汙，他答稱是剛從桑樹上爬下來。

他正這麼說著，追他的那些人趕到了，把他逮住，釘到一棵桑樹上。

桑樹對他說：「我對幫助處死你並不感到不安，因為你殺了人，卻把事情栽到我身上。」

同樣，有些人本性善良，在被人誹謗為惡人時，往往會毫不遲疑地對誹謗者採取惡意的行動。

·················· **狼和羊（之一）**··················

一群狼打羊群的惡主意。

有狗看守著羊群，狼不能得手，知道得靠計謀行事。

於是牠們派遣使者去羊那裡，要牠們把狗交出來，說那些狗是牠們彼此不和的根源，只要羊把狗交出來，牠們之間便會和平相處。

羊未考慮後果，就把狗交了出去。這樣，狼就強過了羊，很容易地把失去守護的羊群都咬死了。

同樣，有些城邦輕易地把首領交出去，他們會很快地在不知不覺中被敵人征服。

······················ **狼和馬**······················

狼在田地裡行走，發現一些大麥。

牠沒法把那些大麥作為自己的食物，便棄下它們離開了。

後來牠遇見一匹馬，就把馬領到那塊地裡去，說牠發現了那些大麥，自己沒有吃，為馬保留著，因為牠更喜歡聽馬的牙齒發出的聲音。

這時馬回答說：「朋友啊，要是狼能夠以大麥為食，那你就不會讓耳朵先於胃享受了。」

這則故事說明，那些天生的壞人即使做出最好的允諾，也不會被人相信。

⋯⋯⋯⋯⋯⋯⋯ 狼和小羊 ⋯⋯⋯⋯⋯⋯⋯

狼看見一隻小羊在河邊喝水，想找個合適的藉口吃掉小羊。

當時雖然狼站在上游，但是牠仍然指責小羊把水攪渾，不讓牠喝水。

小羊回答說，牠只是用脣沿喝水，而且牠是站在下游，不可能把上游的水攪渾。

狼撇開這個藉口，又說道：「那去年你罵過我的爸爸。」

小羊回答說，那時候牠還沒有出生呢。

這時狼對小羊說：「儘管你很善於辯解，難道我就不吃掉你嗎？」

這則故事是說，對於那些存心作惡的人，任何合理的辯解都不起作用。

·············· 狼和鷺鷥 ··············

狼吞下了一塊骨頭,到處求醫。

牠遇見鷺鷥,講定報酬,若鷺鷥能把骨頭取出來。

鷺鷥把頭伸進狼的喉嚨,取出了骨頭,然後向狼索要原先講定的報酬。

這時狼回答說:「朋友,你能把自己的頭平安地從狼嘴裡抽出來,你對此還不滿意,還要索取報酬?」

這則故事說明,對壞人來說,他們不做壞事就是對善行的最大回報。

·············· 狼和山羊 ··············

狼看見山羊在一處懸崖上吃草。

牠無法捉到山羊,便勸山羊下來,免得無意間摔下來,並說牠身邊就有草,還很鮮嫩。

山羊回答說:「你不是叫我去吃草,而是你自己缺少吃的。」

壞人們也是這樣,當他們想在熟悉他們的人面前做壞事時,他們的詭計是徒勞無益的。

⋯⋯⋯⋯⋯⋯⋯⋯⋯⋯ 狼和老太婆 ⋯⋯⋯⋯⋯⋯⋯⋯⋯

有隻飢餓的狼四處徘徊，尋找食物。

牠來到一處住屋，聽見小孩在哭，老太婆嚇唬孩子說：「別哭了，不然的話，我馬上把你扔給狼。」

狼以為老太婆說的是真話，便站在那裡，久久地等待。

到了晚上，狼又聽見老太婆哄孩子，對孩子說：「孩子，要是狼到這裡來，我們就殺死牠。」

狼聽見老太婆的話，就一面走，一面說：「這家人說的是一回事，做的是另一回事。」

這則故事適用於那些言行不一的人。

⋯⋯⋯⋯⋯⋯⋯⋯⋯⋯ 狼和綿羊 ⋯⋯⋯⋯⋯⋯⋯⋯⋯

狼吃飽了，看見一隻綿羊躺在地上。

牠以為綿羊是因為害怕牠而倒下的，便走過去，鼓勵綿羊說，如果綿羊說三句實話，就放過牠。

綿羊開始說：第一，牠不希望碰見狼；第二，如果命中注定必須碰見狼，那就碰見一隻瞎眼狼；然後接著說：「第三，但願所有的狼都不得好死，因為你們沒受到我們任何傷害，但你們卻要與我們為敵。」

狼覺得綿羊說的都沒有虛假，就把綿羊放了。

這則故事是說，在敵人面前說真話，常常也有力量。

······················ 狼和牧人 ······················

一隻狼跟在羊群後面，沒有對羊作惡。牧人起初像防備敵人一樣提防牠，小心地保護羊群。

狼一直跟在後面，沒有進行任何劫掠。牧人覺得牠是一個守衛者，而不是心懷惡意者。

後來牧人有事需要進城，就把羊群交給狼，自己走了。狼抓住這樣的好機會，把大部分羊都捕殺了。

牧人回來，看見羊群遭了傷害，說道：「我這是活該，我為什麼把羊群託付給狼呢？」

有些人也是這樣，他們把財物託付給貪婪之人，自然會受損失。

······················ 狼和羊（之二）······················

狼被一群狗咬傷，艱難地躺在地上，甚至都無力為自己找食物。

牠看見一隻羊，便求羊從附近的河裡為牠取點水來，說道：「要知道，你若能為我弄來喝的，我就能為自己找到吃的。」

羊回答說：「要是我給你送上喝的，你就會拿我當吃的。」

這則故事適用於那些借著偽裝，而陰謀作惡的人。

················ 獅子和狐狸 ················

狐狸譏笑母獅，說牠每胎只生一崽。

母獅回答說：「然而那是獅子。」

這則故事是說，事物美好不在量，而在質。

················ 狼和小山羊 ················

狼追趕小羊，小羊逃進神廟。

狼叫小羊出來，說要是祭司捉住牠，會殺了牠祭神。

小羊回答說：「我寧可成為祭牲，也不願死在你的手裡。」

這則故事是說，對於必定要死的人來說，光榮地死去更可取。

················ 兔子和狐狸 ················

有一次，兔子和鷹打仗，請求狐狸助戰。

狐狸說：「要是我們不知道你們是誰，不知道你們和誰打仗，我們是會幫你們的。」

這則故事是說，喜歡同強者競爭的人往往不顧惜自身的安全。

賣卜者

賣卜者坐在市場上占卜掙錢。

有個人突然來到他面前，告訴他，他家的門被人撬開，裡面的東西全被搬走了。

賣卜者聽了大驚，立即跳起來，嘆息著離開，奔跑回家，要看看究竟發生了什麼事。

一個在場的人見此情景，說道：

「朋友，你宣稱能預測別人的禍福，怎麼對自己的事情卻不能預卜呢？」

這則故事適用於那些人，他們連自己的生活都安排不好，卻想涉及與他們毫不相干的事情。

嬰兒和渡鴉

有個女人為自己尚不會說話的嬰兒算命，卜者說那孩子將死於渡鴉。

那女人很害怕，就做了一個大木箱，把孩子放進去保護起來，以免被渡鴉傷害。

她按時打開箱子，給孩子送去需要的食物。

有一次，她掀開箱蓋，給孩子送喝的，小孩冒失地探出頭來。

結果，箱蓋上的渡鴉[23]正好砸在小孩的頭頂上，把小孩砸死了。

這則故事是說，劫數難逃。

◆ 172 ◆

蜜蜂和宙斯

蜜蜂不願意把蜜給人類，便到宙斯面前，請求宙斯給牠們力量，使牠們能夠用刺把走近蜂房的人蜇死。

宙斯見牠們如此惡毒，感到氣憤，便作這樣的安排：蜜蜂只要蜇了人，就會失去刺，由此也就失去了生命。

這則故事適用於心懷惡意的人，他們往往也會傷害自己。

◆ 173 ◆

化緣僧

一行化緣僧有頭驢，他們通常把行李馱在驢背上外出化緣。

後來那頭驢累死了，他們剝了驢的皮，用那張皮繃成一只鼓，用來敲打。

另一些化緣僧和他們相遇，詢問驢哪裡去了。

他們回答說，那頭驢已經死了，不過牠被打得更厲害了，要是驢活著，這樣捶打定然是忍受不了的。

同樣，有些奴隸雖然擺脫了受奴役的地位，但是改變不了受奴役的命運。

23 指箱蓋上的鴉嘴形釘飾。

··················· 老鼠和黃鼠狼 ···················

老鼠和黃鼠狼交戰。

老鼠見自己總是吃敗仗，便聚到一起議論，認為牠們失敗的原因在於沒有將領。於是牠們表決，挑選出幾隻老鼠做將領。

那些將領想要顯示自己與眾不同，便做了一些角，給自己綁上。

戰事重起，結果老鼠們仍被打敗。

這時，其他老鼠都逃到洞口，很容易就藏進洞裡，而那些將領卻因為那些角，無法進去，被黃鼠狼抓住吃掉了。

這故事是說，虛榮是不幸的根源。

螞蟻

從前，螞蟻本是人的模樣，以耕種為業，但牠不滿足自己的勞動所得，而是羨慕別人的東西，偷竊鄰人的穀物。

宙斯對貪婪感到氣憤，便改變了牠的形狀，成為現在這樣的動物，名叫螞蟻。

螞蟻的形狀雖然改變了，但習性卻沒有變化。直到如今，牠們還是在田地裡四處奔跑，收集打穀場上的小麥和大麥，為自己儲存起來。

這則故事是說，那些天生邪惡的人即使受到最嚴厲的懲罰，他們的習性也不會改變。

螞蟻和鴿子

螞蟻口渴，來到一處泉邊，想喝水，想不到掉進了水流裡。

鴿子看見了，便折一根樹枝，扔進泉水裡，螞蟻爬上去，保全了性命。

後來有個捕鳥人走來，接好黏竿，想捕捉那隻鴿子。

螞蟻看見了，就在捕鳥人的腳上咬一口。

捕鳥人感覺疼，扔掉黏竿，驚得鴿子立即飛走了。

這則故事是說，應該以德報德。

蒼蠅

蒼蠅落進肉罐裡，快要淹死時，自言自語地說：「我吃飽了，喝足了，也洗完了澡，即使死去，我也沒有什麼缺憾。」

這則故事是說，如果死亡是猝然而至，人們容易忍受。

沉船落難的人和海

有人乘船在海上遇難，被衝到岸邊，困頓中睡著了。

過了不久，他站起來，看見大海，就責備起大海來，說大海以溫和的樣子引誘人，一旦把人吸引進去後，就變得很殘暴，毀滅人們。

大海化作一個女人的樣子，對他說：

「朋友啊，請不要責備我，而應該責備風。要知道，我本來就是你現在看到的這個樣子，但是那些風突然撞擊我，掀起洶湧的波濤，使我陷入狂怒。」

因此，如果有人做壞事是受人慫恿，我們不應該責備他們，而應該責備那些指使他們的人。

······· 年輕的浪子和燕子 ·······

有個年輕的浪子把祖上遺留的產業揮霍殆盡，只剩下穿在身上的一件外衣。

他看見一隻提前出現的燕子，以為夏天來到，用不著那件外衣了，就把它賣掉。

後來風暴襲來，非常寒冷。

他到處遊蕩，看見燕子死了，躺在那裡，便對燕子說：「朋友，你毀了我，也毀了你自己。」

這則故事是說，一切不合時宜的行為都是危險的。

······· 病人和醫生 ·······

有個人生病，醫生問他怎麼樣，他說出汗太多，醫生說那很好。

第二次醫生問他怎麼樣時，他打著冷顫說，渾身冷得發抖，醫生又說那很好。

醫生又來了第三次，問他的病怎麼樣，他說出現水腫，那位醫生仍然說那很好。

有個親屬來探視，詢問病人身體怎麼樣，病人說：「我會死於那些『很好』。」

這則故事說明，我們特別討厭那些總是說好話的人。

·········· 蝙蝠、荊棘和潛水鳥 ··········

蝙蝠、荊棘和潛水鳥決定合夥經商。

蝙蝠借了銀子入股，荊棘投入了自己的衣服，潛水鳥購買了銅入夥，便乘船出發了。

海上颳起強烈的風暴，船隻被打翻，貨物全都喪失了，牠們自己好不容易才抵達岸邊得救。

從此以後，潛水鳥為了找那些銅，總是鑽入海底，希望什麼時候能把它們找回來；蝙蝠怕見到債主，白天從不露面，夜間才出來覓食；荊棘為了尋找自己的衣服，誰從旁邊經過，就抓住誰的衣服，希望從中認出自己的衣服來。

這則故事說明，我們以前在什麼事情上失誤過，再做那些事情時會特別認真。

·········· 蝙蝠和黃鼠狼 ··········

蝙蝠跌在地上，被黃鼠狼捉住了。

在將要被殺的時候，蝙蝠請求黃鼠狼饒命。

黃鼠狼說，牠不能放過牠，因為牠生來與所有的鳥類為敵。

蝙蝠說，牠不是鳥，是鼠類，結果被放了。

後來，蝙蝠又掉到地上，被另一隻黃鼠狼捉住，牠再次請求不要殺牠。

那隻黃鼠狼說，牠憎恨所有的鼠類。蝙蝠說，牠不是鼠，是

蝙蝠，再次被放了。

就這樣，蝙蝠由於兩次改變名稱而得救。

因此，我們也不要總是一成不變，誰能適應情勢，便往往能避過巨大的危險。

✦ 183 ✦
樵夫和赫爾墨斯

有個樵夫在河邊砍柴，把斧頭掉進河裡。流水沖走了斧頭，樵夫坐在岸邊哭泣。赫爾墨斯可憐他，就走了過來。

赫爾墨斯問明他痛哭的原因後，下到河裡，首先為他撈起一把金斧頭，問那斧頭是不是他的。他回答說不是後，赫爾墨斯又撈起一把銀斧頭，重又問他，那斧頭是不是他掉的。他說不是後，赫爾墨斯又撈起第三把斧頭，那是樵夫自己的斧頭。樵夫認出了那把斧頭，赫爾墨斯見他為人誠實，就把所有的斧頭都送給他。

他拿起斧頭，回到同伴那裡，向他們敘說發生的事情。

有個同伴很羨慕，希望自己也能有同樣的遭遇。於是他便拿起斧頭，去到那條河邊砍柴，故意把斧頭掉進漩渦裡，坐在那裡放聲痛哭。

赫爾墨斯出現了，問他發生什麼事，他說丟了斧頭。赫爾墨斯為他撈起一把金斧頭，問那斧頭是不是他丟的，他由於貪財，說那斧頭是他的。神不但沒有把斧頭送給他，而且連他自己的斧頭也沒有還給他。

這則故事是說，神幫助誠實的人，反對不誠實的人。

·············· 行人和幸運女神 ··············

行人走了許多路，非常疲乏，就倒在一口井邊睡著了。

眼看他就要掉下井去，幸運女神站在他面前，喚醒他說：

「朋友，要是你掉下去了，你不會責怪自己考慮不周，而是會責備我。」

同樣，許多人由於自己的原因陷入不幸，卻責怪神明。

✦ 185 ✦

·············· 行路人和梧桐樹 ··············

盛夏的中午，一夥行路人苦於烈日下的酷暑。

他們看見一棵梧桐樹，便走過去，躺在樹蔭下休息。

大家仰望著梧桐樹，互相議論道：「這種樹什麼果子也不結，於人毫無益處。」

梧桐樹回答說：「忘恩負義的人啊，你們正在享受我的恩惠，還說我不結果子，毫無益處？」

有些人也是這樣不幸，他們為別人做好事，卻得不到信任。

✦ 186 ✦

·············· 行人和蝮蛇 ··············

冬天，一個行人正走著路，看見一條蝮蛇被凍僵了，覺得很

可憐，便把蛇拿起來揣在懷裡，好把蛇溫暖過來。

蝮蛇凍僵的時候，一動也不動。等牠溫暖過來，便在那人胸口上咬了一口。

那人臨死時說道：「我真是活該遭殃。蝮蛇活著，都該殺死，牠快死了，我為什麼要救活牠呢？」

這則故事是說，邪惡的心靈受到恩惠，不僅不會報答恩人，甚至還會對恩人做惡。

✦ 187 ✦

行人和枯樹枝

有幾個行人順著海岸趕路。

他們來到一處高地，望見一堆枯樹枝從遠處漂流而來，以為是一艘大船，就在那裡等待它停泊靠岸。

當枯樹枝被風吹得靠近一些時，他們仍然盼望它到來，不過以為那是一艘小船，不像先前想像得那麼大。

等枯樹枝完全靠近時，他們看見原來是一堆枯樹枝，於是互相說道：「它什麼都不是，我們白等了。」

同樣，有些人遠遠看去令人生畏，但是經過考驗，卻發現毫無價值。

·········· 行人和赫爾墨斯 ··········

有個行人走了很多路，許願說，如果他撿到什麼東西，一定分一半祭獻赫爾墨斯[24]。

他果然碰見一只口袋，裡面裝著扁桃和椰棗。

那人撿起口袋，以為裡面是銀子。他打開口袋，知道了裡面裝的東西，便把它們都吃了，然後把扁桃殼和椰棗核放到一處祭壇上，說道：

「赫爾墨斯，請接受我許的願吧！要知道，我把撿到的東西裡裡外外都分給你了。」

這則故事適用於那種貪得無厭，甚至對神明也要詭辯欺詐的人。

·········· 小豬和狐狸 ··········

有個人用驢馱著山羊、綿羊和小豬進城。

一路上，小豬不停地號叫，狐狸聽到，不禁詢問小豬，當其他動物一聲不響地被馱著的時候，為什麼唯獨牠大叫不止。

小豬回答說：「我並不是無故哭喊，因為我知道得很清楚，主人捉綿羊是想取毛和奶，同樣，他捉山羊是想要奶酪和羊羔，可是他捉我卻不是需要什麼，而是要殺我獻祭。」

同樣，有些人因感到災難將臨而痛哭，也是可以理解的。

---

24 按古希臘神話，赫爾墨斯是行路神，意外之財是他的賞賜。

驢和園丁

有頭驢受園丁役使，食料很少，工作卻很累，牠請求宙斯讓牠離開園丁，把牠交給另一個主人。宙斯派赫爾墨斯把驢賣給陶工。

那驢還是忍受不了，因為那裡的工作更繁重。於是驢又去請求宙斯，最後宙斯把牠賣給鞣皮匠。

驢見了主人做的工作，說道：「依我看，我還不如留在先前的主人那裡，因為現在看來，我連皮都得交給他了。」

這則故事是說，奴僕在經歷過其他主人後，往往特別嚮往原先的主人。

馱鹽的驢

驢馱著鹽過河。

牠滑了一下，跌進水裡。鹽遇水化了，驢覺得輕多了。

後來有一次，驢馱海綿過一條河。

驢很高興，心想要是也滑倒，站起來時也會輕鬆一些。

驢假裝滑了一下。結果海綿吸到水，驢再也站不起來，在水中淹死了。

有些人也是這樣，他們由於自己的心計，在不知不覺中使自己陷入不幸。

·················· **驢和騾子（之一）** ··················

趕驢人把貨物給驢和騾子馱著，趕著上路。

當牠們在平地行走時，驢還能承受馱著的重量。等牠們走上一處山路，驢便馱不動了。

驢請求騾子為牠分擔一部分貨物，好使牠自己能承受其餘部分。騾子對驢說的話不以為然。

驢從山上摔了下去，軀體被扯碎。

趕驢人沒有別的辦法，只好把驢馱的貨物放到騾子的背上，而且把驢皮也壓到上面。

騾子累極了，說道：「我真是活該！要知道，若是在驢子請求我為牠減輕一些負擔時，我採納牠的提議，那麼我現在就不會既馱著牠的貨物，又背著牠了。」

有些債主也是這樣，他們不想給債戶一些寬限，常常連本也賠了。

·················· **馱神像的驢** ··················

有人把神像放在驢背上，趕著驢進城，一路上迎面相遇的人們都頂禮膜拜。

驢心裡很高興，不免得意起來，不想再繼續往前走。

趕驢人知道了是怎麼回事，就用棍子打牠，說道：「愚蠢的東西，還沒有到驢受人崇拜的時候。」

這則故事是說，那些借他人的財富炫耀自己的人，必然會被知道底細的人所恥笑。

野驢

野驢看見家驢在陽光充足的地方，便走過去，稱讚牠身體健壯，飼料豐富。

後來野驢看見家驢馱著沉重的東西，後面還跟著趕驢人用棍子打牠，於是便對家驢說：

「我不再認為你是幸福的了，因為我看出了，不忍受巨大的不幸，你是得不到那種享受的。」

同樣，伴隨著危險和不幸而得到的好處，是不值得羨慕的。

驢和蟬

驢聽見蟬歌唱，覺得非常動聽，也想要發出那麼悅耳的聲音，便問道：「你們吃了什麼食物，能發出這麼好聽的聲音？」

那些蟬回答說：「我們吃露水。」

於是驢便一直等待露水，終於餓死了。

同樣，有些人想得到違背天性的東西，但在得到那些東西前，便遭到極大的不幸。

······· 驢和宙斯 ·······

從前，驢為經常不斷的重負和勞累而煩惱，便派代表去見宙斯，請求免去牠們一些勞苦。

宙斯想告訴牠們這是不可能的，便對牠們說，除非牠們什麼時候能撒尿成河，否則便不可能免除勞累。

驢以為宙斯真的答應牠們的請求，從那時候起直到現在，牠們只要看見有別的驢撒尿，便也站在那裡一起撒尿。

這則故事是說，人人都有命數，是不可改變的。

······· 驢和趕驢人 ·······

驢由趕驢人引領著，走了不長的一段路程，便離開平坦的道路，沿著懸崖走去。

在牠快要摔下懸崖的時候，趕驢人揪住了牠的尾巴，試圖把牠拉回來。

驢拚命抗拒，趕驢人便說道：「你就得勝吧，不過你得到的是不幸的勝利。」

這則故事適用於好勝的人。

············· 驢和狼（之一）·············

驢在牧場上吃草，看見狼向他走來，便裝作瘸腿的樣子。

狼來到驢跟前，問驢的腿是怎麼瘸的，驢回答說：「過籬笆的時候腳上扎了刺。」

牠勸狼先把那刺拔出來，然後再吃牠，免得吃的時候被卡住。

狼對驢的話信以為真，便舉起驢的那條腿，聚精會神地察看驢蹄。

這時，驢一腳踹向狼的嘴，把狼的牙齒都踹掉了。

狼痛苦難忍，說道：「我活該，父親叫我當屠夫，我自己為什麼要行醫呢？」

同樣，有些人從事不適合自己的事情，自然會遭到不幸。

············· 驢和獅子皮 ·············

驢披著獅子皮到處遊蕩，嚇唬缺少智慧的野獸。

牠看見狐狸，也想嚇唬狐狸一下。

那隻狐狸碰巧以前聽見過牠嘶叫，就對驢說：

「你要知道，要是我沒聽過你那麼高傲地嘶叫，我也會怕你的。」

有些沒有教養的人也是這樣，他們表面上顯得很有氣勢，好像是個人物，但是他們一開口，就現出了原形。

買驢

有個人買驢，要求試一試，便把驢牽到自家的驢中間，放到食槽邊。

這時那頭驢撇開其他的驢，站到一頭最懶惰，又好吃，什麼工作也不做的驢旁邊。於是買驢人便給牠套上轡頭，牽去還給原先的主人。

那個主人問買驢人，這樣試驗是否可靠，買驢人回答說：

「不用再試了，因為在我看來，牠挑選什麼樣的朋友，牠自己就是什麼樣的。」

這則故事是說，誰喜歡什麼樣的人做朋友，他自己就是什麼樣的人。

驢和青蛙

有頭驢馱著木料過沼澤地。

牠腳下一滑，摔倒了，站不起來，不住地痛哭，嘆息。

沼澤裡有許多青蛙，聽見驢悲嘆，說道：

「朋友，你摔一下就如此痛哭，你要是像我們在這裡長住，又將怎樣呢？」

這則故事適用於那種心靈軟弱的人，他們連一些微小的困苦都不能忍受，其他人卻能輕易承受更大的苦難。

·················· 驢、渡鴉和狼 ··················

驢的背上受了傷，在一處草地吃草。

渡鴉落在驢背上，啄那處傷口，啄得驢痛得又叫又跳。

趕驢人站在遠處，不覺好笑。

一隻狼從旁邊走過，看見那情景，自言自語地說：

「我們真不幸！我們只要一被人們看見，就會被趕走，而渡鴉不管怎樣接近驢，人們還發笑。」

這則故事是說，那些做壞事的人遠遠就能被看出來。

·················· 驢、狐狸和獅子 ··················

驢和狐狸互相約定去打獵。

牠們碰見獅子，狐狸看出面臨的危險，就走到獅子跟前，許諾如果獅子能保證牠的安全，牠就把驢交給獅子。

獅子答應會放過狐狸，狐狸便把驢引向一處陷阱，誘使驢掉進去。

獅子見驢逃不掉了，便先逮住狐狸，然後再去逮驢。

同樣，那些陷害夥伴的人，往往會在不知不覺中同時害了自己。

驢和騾子（之二）

驢和騾子一起上路。

驢看見牠們兩個馱的貨物一樣多，很生氣，口出怨言，說騾子自認為該吃雙倍的飼料，卻不願多馱一點東西。

牠們走了不長的一段路，趕驢人看見驢馱不動了，就取下驢馱的一部分東西，放到騾子背上。

牠們又走了一段路，趕驢人看見驢更累了，就又取下驢馱的一些東西給騾子，直到把驢馱的東西全部取下來，加到騾子的背上。

這時，騾子轉過頭來，對驢說：「喂，夥計，你還認為我吃雙倍的飼料不公平嗎？」

我們判斷各個人的情況也是這樣，不能只看開始，還應該看到結尾。

捕鳥人和山雞

捕鳥人有客人很晚來造訪。

他沒有什麼食物可以招待來客，就去捉他那隻養馴了的山雞，預備用來招待客人。

山雞指責捕鳥人忘恩負義，說牠給過捕鳥人很多好處，招來許多同類交給捕鳥人，而捕鳥人現在卻要殺死牠。

捕鳥人回答說：「我正是因為這一點更要殺死你，既然你連

同類也不肯放過。」

這則故事是說，出賣親屬者不僅會受到被害者的憎恨，而且也會受到他們所投靠的人們的厭惡。

✦ 206 ✦

母雞和燕子

有隻母雞發現了一些蛇蛋，用心孵化，把蛋殼啄破。

燕子看見了，對母雞說：「傻瓜啊，你為什麼哺育牠們？牠們若是長大，首先就會加害於你。」

這則故事是說，邪惡本性即使受盡仁愛，也不會變善良。

✦ 207 ✦

捕鳥人和冠雀

捕鳥人給鳥類張網。

冠雀從遠處看見那情景，問捕鳥人在幹什麼，捕鳥人回答說在建立城市，然後就遠遠走開，藏了起來。

冠雀相信了捕鳥人的話，飛過來，陷進了網裡。

捕鳥人急忙跑過來，冠雀對他說道：「朋友啊，要是你真的建造這樣的城市，你不會找到多少居住者的。」

這則故事是說，如若統治者殘暴，城市和家園都會徹底變荒蕪。

⋯⋯⋯⋯⋯⋯⋯⋯ 捕鳥人和鸛鳥 ⋯⋯⋯⋯⋯⋯⋯⋯

捕鳥人張開捕鶴的網，站在遠處等待鳥兒落網。一隻鸛鳥和一些鶴一起落了網，捕鳥人跑過來，把鸛鳥和鶴一起捉住了。

鸛鳥請求捕鳥人不要殺牠，說牠對人類不僅沒有害處，而且還非常有益，因為牠捕殺蛇和其他爬行動物。

捕鳥人回答說：「即使你不算太壞，但是你和壞蛋混在一起，無論如何也應該受懲罰。」

由此，我們應該避免和壞人交往，以免被誤認為是他們所幹壞事的共同參與者。

⋯⋯⋯⋯⋯⋯⋯⋯ 野鴿和家鴿 ⋯⋯⋯⋯⋯⋯⋯⋯

捕鳥人張開網，把幾隻馴化的家鴿拴在上面。他自己走開，從遠處等待結果。

一些野鴿向家鴿飛來，被兜進了羅網，捕鳥人迅速趕過來，捉住牠們。

野鴿責備家鴿，說牠們是同類，家鴿卻沒有預先告訴牠們這項計謀。

家鴿回答說：「對我們來說，保持對主人的忠心比討同族歡心更重要。」

同樣，那些由於熱愛自己的主人而背棄親族情誼的人，無可厚非。

……………………… 駱駝 ………………………

人們初次看見駱駝，對牠那高大的身軀很害怕，嚇得四處逃跑。

過了一些日子，人們發現駱駝性情溫和，便敢走近牠。

不久以後，人們覺得這種動物沒有脾氣，便對牠蔑視起來，甚至給牠套上轡頭，把牠交給孩子們牽著走。

這則故事是說，接觸能消除對事物的恐懼。

……………………… 蛇和蟹 ………………………

蛇和蟹住在同一處地方。

蟹對蛇很率直、友善，而蛇卻總是那麼陰險、邪惡。

蟹一再勸蛇對牠也要坦誠相見，模仿牠那樣為人處世，但蛇總是不聽。

蟹為此很生氣，便趁蛇睡覺時，用鉗腿使勁夾住蛇的喉嚨，把蛇掐死了。

蟹見蛇伸直了身子，說道：

「嘿，朋友，不是要你現在變率直，因為你已經死了，而是在我勸你的時候，當時你卻不聽。」

這則故事適合講給那樣一些人聽，他們生前對朋友心術不正，卻要在死後展示善良。

·················· 蛇、黃鼠狼和老鼠 ··················

蛇和黃鼠狼在一所房子裡交戰。

那裡的老鼠經常被牠們吃掉，這時看見牠們交戰，便都走了出來。

蛇和黃鼠狼一看見那些老鼠，雙方立即停止戰鬥，一起撲向老鼠。

同樣，那些讓自己捲進政治蠱惑家之間的傾軋的公民，會在不知不覺中成為雙方的犧牲品。

·················· 被踐踏的蛇 ··················

蛇被許多人踐踏，便去向宙斯訴苦。

宙斯對牠說：「要是你咬了先前踐踏你的人，就不會再有人這樣做了。」

這則故事是說，懲罰第一批為惡者，會令其他人感到畏懼。

·················· 代存財物的人和霍爾科斯 ··················

有個人保管著朋友寄存的財物，企圖把它們據為己有。

朋友要他發誓，他心中害怕，便出發去鄉下。

他來到城門口，看見一個跛足的人正出城，就詢問那人是誰，要去哪裡。

那人告訴他，說自己是霍爾科斯[25]，要去找那些不敬神的人。

他又詢問霍爾科斯，要經過多少時間再到城裡來。

霍爾科斯說：「要經過四十年，有時則經過三十年。」

於是他心中無顧忌，第二天便跑去發誓，說他從沒有收存過財物。

就這樣，他陷入了霍爾科斯的圈套，被帶到懸崖上。

他責怪霍爾科斯曾經對他說過，要過三十年才會再來，現在卻連一天都不寬赦。

霍爾科斯回答說：「你要知道，若是有人惹惱我，我通常當天就回來。」

這則故事是說，神懲罰褻瀆神靈的惡人是無定期的。

◆ 215 ◆

·························· 捉蟋蟀的小孩 ··························

有個小孩在牆邊捉蟋蟀。

他已經捉到了很多，這時他看見一隻蠍子，以為那也是蟋蟀，便窩起手掌要去捉。

蠍子舉起毒鉤，對小孩說：

「如果你想把捉到的蟋蟀都丟掉，那就來捉吧。」

這則故事告誡我們，不能採用同樣的方法對待好人和壞人。

25 霍爾科斯（Horcus）是誓言之神，懲罰偽誓者，把他們引到懸崖後推下去。

·················· 偷東西的小孩 ··················

有個小孩從學校裡偷了同學的寫字板,把它交給母親。母親不僅不責備他,還稱讚他。

第二次他偷了一件外衣,母親對他更加稱讚。

後來過了些年,孩子長大了,便開始偷更大的東西。

有一次,他當場被人捉住,捆綁著,押送到劊子手那裡。

他的母親跟在後面,捶胸痛哭。兒子說想和母親貼耳說幾句話,母親走了過去。這時兒子一下子咬住母親的耳朵,含著咬了下來。

母親責怪兒子不孝,不只犯了罪,還傷害母親。

兒子回答說:「要是當初我偷寫字板交給你時,你打我一頓,那我就不會陷入現在這樣的境地,被帶去處死了。」

這則故事是說,小過起初不受懲戒,必然會發展成大過。

·················· 口渴的鴿子 ··················

鴿子口渴難忍,看見一塊板子上畫著一只裝水的調酒缸,以為那裡真有水。

牠呼啦啦地迅速飛了過去,無意間撞在那塊板子上。結果,牠把翅膀撞斷了,掉到地上,被一個在場的人捉住。

有些人也是這樣,他們熱情有餘,輕率從事,結果使自己陷入滅亡。

·················· 鴿子和烏鴉 ··················

　　有隻鴿子被養在一處鴿舍裡，誇說自己子女多。

　　烏鴉聽見了牠的話，對牠說：

　　「朋友啊，請不要以此自我吹噓。要知道，你會痛心你的子女越多，所受的奴役也越大。」

　　家奴們也是這樣，他們越是在奴役的地位中生育，他們也就越不幸。

·················· 猴子和漁夫 ··················

　　猴子坐在一棵大樹上，看見一些漁夫往河裡撒網，就認真觀察他們的動作。

　　後來，漁夫們收起網，到不遠處去吃飯，猴子便從樹上下來，也想嘗試一番，讓自己撒一回網。據說這種動物很善於模仿。但是牠一拿起網，就被網纏住了，險些被憋死。

　　這時猴子自言自語地說道：「我這是活該！我沒有學過打魚，為什麼要幹這一行呢？」

　　這則故事是說，從事與自己不合適的事情，不僅無益，而且有害。

富人和鞣皮匠

有個富人和鞣皮匠毗鄰而居，因為無法忍受那難聞的氣味，就反覆勸說鞣皮匠搬家。

鞣皮匠回答說，稍過些日子就搬走，但總是拖延。

就這樣一天天地過去，終於富人習慣了那氣味，不再為難他了。

這則故事是說，習慣可以緩和對事物的厭惡。

富人和哭喪女

有個富人有兩個女兒，其中一個女兒死了，他就僱了一些哭喪女來哭喪。

另一個女兒對母親說：「我們真不幸，自己有了喪事，不會哀悼，而這些沒有親屬關係的人卻這麼悲傷地捶胸痛哭。」

母親回答說：「孩子啊，雖然她們這樣哀喪，但不必驚異。要知道，她們是為錢而這樣做的。」

有些人也是這樣，他們愛錢，便不惜利用他人的不幸而牟利。

牧人和狗

牧人養著一隻大狗，常常把那些死了的羊羔和綿羊扔給那隻狗吃。

一次羊群進圈後，牧人看見那隻狗向羊走去，繞著羊群搖尾巴，於是說道：

「喂，你這傢伙，你想讓羊承受的事倒可能落到你自己頭上。」

這則故事適用於諂媚之人。

牧人和大海

有個牧人在海濱放牧，看見大海很平靜，就想去航海。

為此，他把羊賣掉，買了一些椰棗，裝船出發。

後來，海上颳起強烈的風暴，船有被打翻的危險，他把貨物全都拋到海裡，自己乘著空船，好不容易才保全性命。

過了不少時間，有人從那處海濱經過，碰巧大海又轉為平靜。那人讚歎大海溫和，那位牧人接口說道：

「好朋友，大海顯然又想要椰棗了，所以才顯得這麼安靜的。」

這則故事說明，災難能使人長見識。

········· 牧人和羊 ·········

　　牧人把羊群趕進一處橡樹林，看見一棵橡樹高大，結滿了果實，就把外衣鋪在地上，爬上橡樹，搖落橡果。

　　那些羊在下面啃橡果，不知不覺把外衣也給啃了。

　　牧人從樹上下來，看到這情形，說道：

　　「壞透了的畜生，你們把羊毛給他人做衣服，我餵養你們，你們卻奪走我的衣服。」

　　同樣，許多人由於愚蠢，對與他沒有任何親屬關係的人很好，對自家人卻很惡劣。

········· 牧人和小狼 ·········

　　牧人發現了幾隻狼崽，對牠們精心撫養，心想等牠們長大後不僅可以保護自家的羊群，還可以把別人的羊搶過來。

　　那些小狼很快長大了，牠們一遇到機會，首先咬死牧人自己的羊。

　　牧人大聲嘆息道：

　　「我活該遭此災殃，狼長大了都該殺死，我為什麼在牠們是幼崽時救活牠們呢？」

　　同樣，那些拯救壞人的人，是在無意中加強壞人的力量，會先使自己遭害。

⋯⋯⋯⋯⋯⋯ 好開玩笑的牧人 ⋯⋯⋯⋯⋯⋯

有個牧人趕著羊群到離村莊較遠的地方放牧,經常喜歡開這樣的玩笑。

他大聲呼喊,召喚村民們,說有狼進攻他的羊群。

有兩三回,人們從村裡驚慌地跑來,然後大笑著回去。

後來,狼真的來了。狼開始撲殺那個牧人的羊群,牧人放聲呼喊,人們以為他又像往常那樣再開玩笑,就沒有理會他。

結果,牧人損失了他所有的羊。

這則故事說明,喜歡說假話的人會得到這樣的結果:當他說真話的時候,沒有人會相信他。

⋯⋯⋯⋯⋯⋯ 行路人和渡鴉 ⋯⋯⋯⋯⋯⋯

有幾個人因事出發上路。

一隻渡鴉迎面飛來,那渡鴉一隻眼睛受過傷。

渡鴉的出現引起他們的注意,其中一人建議折返,因為他認為顯示的徵兆就是這個意思。

另一個人反駁說:

「牠怎麼能向我們預示未來呢?既然牠都不知道自己會受傷,從而加以避免。」

有些人也是這樣,他們對自己的事情都沒有主意,因此也不可能給朋友提供好的勸告。

普羅米修斯和人

普羅米修斯奉主神宙斯的命令，創造人類和野獸。

宙斯發現創造出來的野獸太多了，充斥世間，就要求他毀掉一些野獸，改造成人。

普羅米修斯執行了命令，結果，那些由野獸造出來的人具有人的形象，心靈卻仍是獸性。

這則故事適用於那種愚蠢而野蠻的人。

兩只口袋

普羅米修斯造人時，給每個人掛了兩只口袋，其中一只裝著別人的不足，另一只裝著各人自己的不足。

他把那只裝著別人不足的口袋掛在各人的前面，把另一只口袋甩在後面。

因此，人們能遠遠看見別人的不足，而對自己的總是看不見。

這則故事適用於那種好管閒事的人，他們看不見自己的事情，卻對與他們沒關的事情很用心。

·············· 游泳的小男孩 ··············

有個小男孩在一條河裡游泳，眼看要被淹死了。

他看見有個人路過，就向那個人大聲呼喊求救。

那個人責備他太冒險。

小男孩對他說：「現在你先過來救我吧，等我保全了性命，你再責備我。」

這則故事適用於那種授人口實，使自己受責備的人。

·············· 邁安德洛斯河邊的狐狸 ··············

一些狐狸聚集在邁安德洛斯河〔26〕岸邊，想下到河裡喝水。

由於河水刷刷地湍湍而流，牠們只是互相慫恿，誰也不敢下到水裡去。

其中有隻狐狸走出來，蔑視其他狐狸，嘲笑牠們膽小，為顯示自己勇敢、膽大，便冒失地跳進河裡。

急流把牠衝到河心，眾狐狸站在河岸上對牠嘲笑道：「別撇下我們，請回來告訴我們，從哪裡可以安全地下去喝水。」

那隻狐狸一面被河水沖走，一面說：「我有個信息要送往米利都〔27〕，我想親自把它捎去。等我從那裡回來後再告訴你們。」

這則故事適用於因自我炫耀而陷入危險的人。

26 邁安德洛斯河（Maeandrus）是小亞細亞的一條河流。
27 米利都（Miletus）是小亞細亞的城市，位於邁安德洛斯河下游。

·········· 被剪毛的綿羊 ··········

一個手藝不高的人給綿羊剪毛，綿羊說：

「你若是需要毛，就請你剪高一點；你若是想要肉，就請你宰了我，免得我一點一點地受罪。」

這則故事適用於那種缺乏才能的辦事人。

·········· 石榴樹、蘋果樹和荊棘 ··········

石榴樹和蘋果樹爭論誰結的果實更甜美。

爭論進行得很激烈，附近籬笆上的荊棘聽見了，說道：

「喂，朋友們，我們還是停止爭鬥吧！」

同樣，當強者紛爭時，一些微不足道的人也想顯示自己是個人物。

·········· 鼴鼠 ··········

鼴鼠是一種瞎眼的動物，有次對牠母親說：「我能看見。」

母親想試一試，就給牠一小塊乳香，問牠那是什麼。

鼴鼠說是塊小石頭。母親說：「孩子啊，你不僅被剝奪了視力，而且也失去了嗅覺。」

同樣，有些好吹噓的人，保證能做那些他實際上力所不及的事情，卻往往會在一些極微小的事情上現原形。

·················· 黃蜂、鷓鴣和農夫 ··················

從前，黃蜂和鷓鴣口渴難忍，去農夫那裡要水喝。

作為對喝水的回報，鷓鴣許諾為葡萄樹周圍鬆土，使葡萄果實豐碩，黃蜂則許諾在周圍看守，用毒刺蜇偷吃的人。

農夫回答說，我有兩頭牛，牠們沒有向我許諾什麼，卻什麼活都幹，把水給牠們喝比給你們喝更好。

這則故事適用於忘恩負義之人。

···················· 黃蜂和蛇 ····················

黃蜂落在蛇的頭上，不斷地用毒刺蜇牠，折磨牠。

蛇痛苦難忍，又無法報復敵人，於是爬到路上，看到一輛大車過來，便把頭放到車輪下面，好與黃蜂一同喪命，說道：

「我將會和我的敵人一起死。」

這則故事適用於那些等待機會與敵人同歸於盡的人。

‥‥‥‥‥‥‥‥‥‥ 蚯蚓和蟒蛇 ‥‥‥‥‥‥‥‥‥‥

路邊長著一棵無花果樹。

蚯蚓看見蟒蛇在那裡睡覺,羨慕蟒蛇身子長。

牠希望自己也能有那麼長的身軀,便躺到蟒蛇旁邊,努力拉長自己,直到用力過猛,不知不覺中把自己扯斷了。

有些人也是這樣,他們想同強者競爭,結果還沒等到趕上強者,自己就毀滅了。

‥‥‥‥‥‥‥‥‥ 野豬、馬和獵人 ‥‥‥‥‥‥‥‥‥

野豬和馬在同一處牧地生活。

野豬每次來到牧地都糟蹋青草,把水弄渾,馬想報復牠,便請求獵人幫助。

獵人說,除非馬套上轡頭讓他騎,否則無法幫忙。馬同意獵人的提議。

於是獵人騎上馬,制伏了野豬,然後把馬牽回去,拴到食槽邊。

同樣,許多人由於陷入非理性的憤怒,希望報復敵人,結果使自己處於他人的控制之下。

··············· 大樹和蘆葦 ···············

　　有一次，大樹被風颳斷了，看見蘆葦未受損傷，就詢問蘆葦，為什麼它們自己既粗壯、又沉重，卻被折斷了，而蘆葦雖然纖細、柔弱，卻沒有受到任何損傷。

　　蘆葦回答說：「那是我們知道自己柔弱，因此對大風的進攻退讓，以求避免大風的衝擊；而你們卻相信自己的力量，與風對抗，從而被風颳斷。」

　　這則故事是說，凡事遇到艱難，退讓比對抗要穩妥。

··············· 鬣狗 ···············

　　據說鬣狗每年變換性別，有時是雄的，有時是雌的。

　　一次雄鬣狗對雌鬣狗做違背天性的事情，雌鬣狗對牠說：「朋友，你就做吧，不久你也會忍受同樣的遭遇。」

　　卸任者可以對在任官員講這個故事，若是他可能遭受什麼凌辱。

··············· 鬣狗和狐狸 ···············

　　據說鬣狗每年變換自己的性別，有時是雄的，有時是雌的。

有隻鬣狗看見狐狸，責備狐狸想和牠友好，但又不接近牠。

狐狸回答說：「你不要責備我，還是責備你自己的天性吧，因為我不知道應該把你當作男朋友，還是當作女朋友。」

這則故事適用於模稜兩可的人。

✦ 242 ✦
公牛和野山羊

公牛被獅子追趕，逃進一處山洞。

洞裡有許多野山羊，對公牛又踢又頂，公牛說道：

「我並不是因為怕你們而忍耐著，而是怕站在洞口的獅子。」

同樣，不少人由於害怕強大者而忍受弱小者的傲慢。

✦ 243 ✦
兩隻小猴

據說猴子生了兩隻小猴。

牠們對其中一個精心撫養，關懷備至，特別喜愛，而對另一個則感到嫌棄，毫不關心。

然而，定數難逃，那個受到特別關懷，受母親撫愛、摟抱的小猴被憋死了，而那個不受關懷的小猴卻長大了。

這則故事說明，定數勝過任何算計。

·················· 孔雀和穴鳥 ··················

鳥類商量推舉國王。

孔雀認為自己美麗，應該被選舉為國王。

眾鳥正要這樣決定時，穴鳥問孔雀道：

「由你當國王，要是老鷹追趕我們，你怎樣保護我們呢？」

這則故事是說，領導者不靠形貌，而是由於能力。

·················· 蟬和狐狸 ··················

蟬在一棵大樹上唱歌。

狐狸想吃掉牠，就想了這樣一個計策。

狐狸站在對面，稱讚蟬歌聲優美，並要求蟬下來，說牠想看看，是怎樣一種偉大的動物發出如此巨大的聲音。

蟬看出狐狸的用意，就摘一片樹葉扔下來。狐狸撲了過去，以為那是蟬。

這時蟬對狐狸說：

「你這傢伙，如果你以為我會下來，那你就錯了。要知道，自從我看見狐狸的糞便裡有蟬的翅膀，我對狐狸就一直注意提防。」

這則故事是說，聰明人會從鄰人的不幸中接受教訓。

········· 駱駝、大象和猴子 ·········

野獸們商量推選國王。

駱駝和大象站起來競爭，一個憑著身軀高大，另一個憑著強壯有力，都認為自己超越其他的動物。

猴子認為牠們兩個都不合適，說道：

「因為當有動物為非作歹時，駱駝不會生氣；而大象當國王也不合適，可能連小豬都會來襲擊我們，因為大象怕牠。」

這則故事是說，大事往往由於微小的原因而受到阻礙。

········· 天鵝 ·········

據說，天鵝臨死的時候才唱歌。

有人碰見出售天鵝，就買了回來，因為他聽說這是一種歌聲很優美的動物。

有一次，他請幾個客人吃飯，走過來要天鵝在宴飲時唱歌。當時天鵝一直沉默不唱。

後來有一天，天鵝知道自己要死了，才為自己唱起輓歌來。

主人聽見後，說道：

「你既然只在臨死時唱歌，那我叫你唱歌那天沒有殺你，真是太傻了。」

同樣，有些人迫不得已才不情願地做那些討人喜歡的事情。

········· 宙斯和蛇 ·········

宙斯結婚時，所有的動物都各盡所能地送來禮物。

蛇也用嘴叼著一朵玫瑰花爬行而來。

宙斯見了，說道：「其他動物的禮物我都收下，但我不接受從你嘴裡送來的禮物。」

這則故事是說，壞人的獻禮令人生畏。

········· 孔雀和鶴 ·········

孔雀嘲諷鶴的羽毛顏色，譏笑著說：「我披一身金光紫彩，你裹著那身羽毛，一點也不美麗。」

鶴回答說：「然而我鳴叫於星際，翱翔於太空，你卻只能像公雞那樣，在地上奔走於雌雀之間。」

這則故事是說，衣著樸素而富有聲譽，勝過自詡富有卻聲名狼藉。

········· 狗和豬 ·········

狗和豬發生爭吵。

豬對阿芙蘿黛蒂[28]發誓說，如果狗不停止爭吵，牠就打掉狗所有的牙齒。

狗說，豬這樣說話不公道，既然阿芙蘿黛蒂憎惡豬，只要有誰吃過豬肉，阿芙蘿黛蒂就不讓牠進自己的廟宇。

這時豬回答說：「阿芙蘿黛蒂這樣做並不是因為憎惡我，而是預先防備，使得不會有人殺我。」

同樣，機敏的演說家常常把對手的指責變成對自己的稱讚。

✦ 251 ✦
······················· 豬和狗 ·······················

豬和狗爭誰生育得更好。

狗說在四足動物中，唯有牠生育最迅速。

豬反駁說：「你可以這樣說，然而你要知道，你生下的是瞎子。」

這則故事是說，評定事物優劣不在於其快慢，而在於其完美性。

✦ 252 ✦
······················· 野豬和狐狸 ·······················

野豬站在一棵樹旁磨牙。

28 阿芙蘿黛蒂（Aphrodile）是古希臘神話中的愛情之神。

狐狸問牠，周圍沒有任何獵人，也沒有任何危險，為什麼要把牙磨銳利。

野豬回答說：

「我這樣做不是白費力氣。要知道，一旦危險降臨我就沒時間磨了，那時我就可以使用已經磨好的牙齒。」

這則故事教訓人們，應該防患於未然。

◆ 253 ◆
⋯⋯⋯⋯⋯⋯⋯ 愛錢的人 ⋯⋯⋯⋯⋯⋯⋯

有個愛錢的人把他的財產賣了，換成金塊。他把金塊埋在牆根前面，經常過去查看。

附近有個農夫注意觀察他的行蹤，猜到了真情，趁他離開時把金子取走。

那人回來，發現那地方已經空了，禁不住痛哭起來，扯亂自己的頭髮。

有人看見他非常傷心，問明了原因，就對他說：

「別痛惜了，拿塊石頭放在那個地方，就當是金塊埋在裡面。要知道，金子原先在那裡的時候，你也沒有利用它。」

這則故事是說，有錢財而不使用，等於沒有。

·········· 烏龜和兔子 ··········

烏龜和兔子爭論誰跑得快。

牠們約定好比賽的時間和地點，就出發了。

兔子自恃天生快捷，不把賽跑放在心上，竟然在路邊睡著了。

烏龜知道自己跑得慢，一直不停地奔跑，就這樣從睡著的兔子旁邊跑了過去，奪得了勝利的獎賞。

這則故事是說，奮發進取往往會勝過恃才自負。

·········· 燕子和蛇 ··········

有隻在法院裡做窩的燕子飛出去了。

蛇爬進來，吞吃了雛燕。

燕子回來後，發現窩空了，非常痛心，嘆息著哭泣。

另一隻燕子努力勸慰牠，說不僅僅是牠丟失過孩子。這隻燕子回答道：

「我這麼悲痛，不只因為丟失孩子，更因為我是在受害者可以得到幫助的地方受到傷害。」

這則故事是說，不幸來自被認為不可能傷害他的人，更令受害者難以忍受。

····················· **鵝和鶴** ·····················

鵝和鶴在同一處地上生活。

獵人出現時，鶴由於身體輕捷，很快便飛走了，從而保住性命，但鵝由於身體笨重，停留在那裡，就都被捉住了。

這則故事是說，當城市毀滅時，窮人由於沒有財產，很容易由一個城市遷往另一個城市，而富人則被財產拖累，常常留下來，淪為奴隸。

····················· **野驢和狼** ·····················

野驢腳上扎進了一根荊刺，一瘸一拐的，牠艱難地抬動那條腿，很痛苦，無法渡過河。

一隻強壯的狼遇見牠，發現了現成的獵物，想把牠吃掉。

野驢懇求說：「請你先解除我的痛苦，把我腳上的刺拔掉。」

狼用牙齒把那根刺拔了出來。

驢腳痛一減輕，便用腳踢死狼，把屍體丟下，逃往山裡，救了自己的性命。

這則故事告誡我們，對壞人行善，不僅不會得到感謝，還會招來辱罵。

·················· 燕子和冠鳥 ··················

燕子和冠鳥爭論誰美。

冠鳥答覆燕子，說：「你的美只在春季煥發，我的身體卻能抵禦冬日的嚴寒。」

這則故事是說，身體健康比外貌更美好。

·················· 烏龜和老鷹 ··················

烏龜請老鷹教牠飛翔。

老鷹勸告牠，說這完全不合牠的本性。

烏龜再三懇求，老鷹只好同意了。

就這樣，老鷹用爪子把烏龜抓起來，帶到空中，然後扔下來。烏龜摔到石頭上，被摔得粉碎。

這則故事是說，許多人爭強好勝，不聽聰明人勸告，結果害了自己。

·················· 跳蚤和競技者 ··················

有一次，跳蚤一跳，落到一個性情急躁的競技者腳上，蹦蹦著咬了他一口。

競技者很生氣，準備好指甲，想一下子掐死牠。但跳蚤憑天生的蹦跳本領，一跳就跳走，逃脫了死亡。

競技者嘆道：「赫拉克勒斯啊，就這樣幫助我對付跳蚤，要是對付那些對手，你又會怎樣幫助我呢？」

這則故事是說，不要為一些微不足道、毫無危險的事情去求神，應該在遇到更大的困難時才求。

✦ 261 ✦

鸚鵡和貓

有個人在市場上買了一隻鸚鵡，帶回家餵養。

那隻鸚鵡已經被養馴，牠跳上爐臺，蹲在那裡，令人喜悅地大聲叫起來。

貓看見了，問牠是誰，從哪裡來。

鸚鵡回答說：「主人剛剛把我買來。」

貓說：「這樣看來，你是一種最魯莽的動物，剛剛到來，就這樣大喊大叫。我是家生的，主人都不允許這樣。要是我什麼時候這樣大聲叫喊，他們就會生氣，把我趕走。」

鸚鵡回答說：「貓管家，那你就走遠點吧！要知道，主人們對我的歌聲可不像對你的叫聲那麼厭惡。」

這則故事適用於那種好吹毛求疵的人，他們總是對別人進行責難。

劈橡樹的人和橡樹

劈柴人劈橡樹，做成木楔子，然後再用來劈樹身。

橡樹說道：「我責怪那劈我的斧頭，然而更責怪產生於我自身的楔子。」

這則故事是說，被自己親近的人所害，比被他人所害，更令人傷心。

松樹和荊棘

松樹對荊棘自誇說：「無論建造什麼，你都沒有用處，而我呢，無論是蓋廟宇，或者建家宅，都用得著。」

荊棘回答說：「可憐的松樹啊，如果你想想砍你的斧頭和鋸你的鋸子，那你也許寧願當荊棘，而不是當松樹了。」

無憂無慮的貧窮，比充滿痛苦和侮辱的富裕要好。

人和同行的獅子

獅子和人同走一條路。

人對獅子說：「與獅子相比，人是更強大的動物。」

獅子說：「獅子是更強大的動物。」

他們繼續走著，看見一些帶雕刻的石碑，有人在上面刻著獅子被征服，倒在人的腳下。

那人指著石碑對獅子說：「你看，這些獅子怎麼樣？」

獅子回答說：「要是獅子會雕刻，你會看到許多人倒在獅子的腳下。」

這則故事是說，有些人並無本事，卻要吹噓他們本不能做的事情。

狗和海螺

有一隻狗慣於吞食雞蛋。

有一次牠看見一隻海螺，就張大嘴，用喉嚨使勁一嚥，把海螺吞了下去，以為那也是雞蛋。

不久，牠覺得肚子疼，疼得受不了，說道：「我真活該，竟然相信所有圓的東西都是雞蛋。」

這則故事告誡我們，草率從事，會在不知不覺之中陷入荒謬。

兩隻公雞和鷹

兩隻公雞為母雞爭鬥，其中一隻把另一隻趕跑了。

被打敗的那隻去到一處隱蔽處，藏了起來。

獲勝的那隻則飛起來，落到一處高牆上，大聲啼叫。

有隻鷹立即飛來，捉住牠。

那隻藏在昏暗中的公雞，從此便無所恐懼地占有了那些母雞。

這則故事是說，上帝懲罰驕縱者，降恩於謙卑者。

✦ 267 ✦

蚊子和獅子

蚊子飛到獅子跟前，說道：

「我不怕你，你並不比我強。如果不是這樣，那你究竟有什麼力量？用爪子抓，用牙齒咬？女人和男人打架時就是這樣做的。我可比你強多了。如果你願意，就讓我們來比試比試。」

蚊子吹著喇叭衝過去，朝著獅子鼻子周圍無毛的面部叮。獅子用爪子亂抓自己的臉，生自己的氣。

蚊子戰勝了獅子，吹著喇叭，唱著凱歌，飛走了。

然而，蚊子卻被蜘蛛網黏住。

蚊子就要被吃掉時，哭泣著說，牠跟一些強大的動物作過戰，卻死在微不足道的動物蜘蛛手裡。

這則故事適用於那些打敗過大人物，卻敗在小人物手下的人。

✦ 268 ✦

狗、狐狸和公雞

狗和公雞交朋友，一同上路。

夜幕降臨時，牠們來到一處樹林，公雞飛到樹上，在樹枝間

✦ 175 ✦

棲息，狗就睡在下面的樹洞裡。

夜色消逝，黎明來臨，公雞習慣地啼叫起來。

狐狸聽見了，想吃公雞，便走過來，站在樹下，大聲對公雞說：「你是一隻好公雞，對人類有益。你下來吧，讓我們唱幾支夜曲，一同歡樂一番。」

公雞回答說：「朋友，你從底下走到樹根那裡，把守夜的叫醒，讓牠擊樹伴奏。」

狐狸走過去，叫那守夜的。狗突然跳了出來，咬住狐狸，把牠撕碎。

這則故事是說，聰明人也是這樣，當他們面臨逆境時，能夠輕而易舉地讓敵人遭受同樣的不幸。

✦ 269 ✦
··················· 獅子、狼和狐狸 ·····················

獅子老了，生了病，躺在山洞裡。

除了狐狸，所有的動物都來看望牠們的王。

狼便利用這樣一個好機會，在獅子面前詆毀狐狸，說狐狸完全瞧不起獸中之王，所以不來看望獅子。

正在這時，狐狸來了，並且聽見狼說的最後幾句話。

獅子對狐狸大聲咆哮，狐狸請求給牠解釋的機會。

狐狸對獅子說：「到這裡來的動物中，有誰像我這樣為你效勞，四處奔走，尋訪醫生，求問可以給你治病的藥方？」

獅子命令狐狸把訪得的處方說出來，狐狸說：「如果你能把一隻活狼剝了，把狼皮趁熱披在身上。」

狼頃刻間便成為一具死屍，躺在那裡。

狐狸笑著對狼說：「你不應該挑動大王起恨意，而應該激發大王發善心。」

這則故事說明，有人對別人使狡計，反而使自己陷進了圈套。

✦ 270 ✦
小牛和公牛

小牛看見公牛幹活，同情牠如此勞累。

節日到了，人們都放過公牛，捉小牛去殺了獻祭。

公牛見了，微笑著對小牛說：「小牛啊，你是為此才不幹活的，正是為了拿你去獻祭。」

這則故事是說，危險等待著懶散的人。

✦ 271 ✦
冠雀

冠雀落進了捕網裡，悲嘆道：

「啊，我真是隻可憐而又不幸的鳥，我偷的不是金子，不是銀子，也不是其他什麼貴重的東西，而只是一小粒糧食，就讓我喪了命。」

這則故事適用於那種為了一點小利而冒大風險的人。

驢和馬

驢認為馬幸福,因為馬得到主人精心照料,食料豐富,而牠連麥麩都不夠食用,還得忍受那麼多辛苦。

後來,戰爭爆發了,軍士全副武裝,騎上那匹馬,驅趕著到處奔跑,最後衝進戰陣,馬受傷倒下。

驢看見了,改變了對馬的看法,認為馬是不幸的。

這則故事是說,不應該羨慕權貴和豪富,應該想到他們所遭受的嫉恨和危險,從而樂於貧賤。

鷹

鷹蹲在岩石上,正居高臨下地搜尋,想逮一隻兔子。

有人一箭射中牠,箭頭扎進鷹的體內,箭桿帶著羽翎,留在牠的眼前。

鷹見了,說道:

「死於自己的羽翎,這對於我是又一種悲傷。」

這則故事是說,由於親屬的原因而經受危險,是令人寒心的。

黑人

有人買了一個黑人。

他以為黑人具有那樣的膚色，是由於先前的主人不關心所致。於是他把黑人帶回家，使用各種去汙材料和許多水，想把他洗乾淨。

結果，黑人的膚色沒有發生變化，他自己卻因為勞累而病倒了。

這則故事是說，天生的東西會始終如一。

小鹿和鹿

一次小鹿對鹿說：「爸爸，你身軀比狗魁梧，逃跑起來也比狗快，此外還長那麼龐大的角可以防衛，可你為什麼還那麼害怕狗呢？」

鹿笑著說：「孩子，你說的這些都是事實，可是我只知道一點，那就是我一聽見狗叫，就會立刻逃跑，我也不知道為什麼會這樣。」

這則故事是說，任何激勵都不可能使天生怯懦的人變大膽。

················ 牧人和狼 ················

牧人發現一隻初生的小狼，就把牠撿回家，跟他的那些狗一起餵養。

那隻小狼長大後，要是有狼來捉羊，牠就和那些狗一起去追趕。

當狗群緊追但不可能逮著狼，從而轉身折返時，牠仍繼續追趕，直到追上狼，自己以狼的身分，分得一份獵物，這才返回。

要是外面沒有狼來捉羊，牠就偷偷咬死一隻羊，跟狗一起飽餐一頓。

後來，牧人產生疑惑，終於發現了牠的行為，便把牠吊到樹上殺死了。

這則故事說明，壞的天性不可能養成好的性格。

················ 天鵝 ················

有個富人養鵝，也養天鵝，但用途不一樣。他養天鵝是要牠唱歌，養鵝則是為了吃肉。

有一回，應是讓鵝盡自己受飼養的責任。

當時正值黑夜，無法分清是鵝還是天鵝。當天鵝被當做鵝抓來時，天鵝唱起歌來，作為死亡的前奏。

天鵝以善唱歌顯示了自己的本性，用歌聲避免了死亡。

這則故事是說，音樂常常能延遲死亡。

·················· **女人和酗酒的丈夫** ··················

有個女人，丈夫酗酒。

她想改變丈夫的習性，就想出一個辦法。她趁丈夫喝得大醉以後昏睡，像死人一樣不省人事，便把他背到背上，送到一處墓穴，放在那裡，然後走開。

她估計丈夫該醒過來了，便去敲墓門。

那人問：「誰敲門？」

妻子回答說：「我來給死人送吃的。」

那人說：「好朋友，不要給我送吃的，還是送喝的吧，那樣更好。你只提吃的，不提喝的，真叫人難受。」

妻子拍打著胸脯說道：

「啊，我真不幸！我絞盡腦汁想辦法，可是一點效果也沒有。丈夫啊，你不但沒有接受教訓，而是變得比原先更糟了，你的嗜好已經變成惡習。」

這則故事是說，人們不應該沉迷於壞行為，因為儘管人們不願意，但它也會成為習慣。

·············· **兒子、父親和畫中的獅子** ··············

有個老人，天生膽小。

他有一個獨生子，心性高尚，喜好打獵。

一次老人在睡眠中夢見兒子被獅子殺死了。老人很害怕，擔

心夢境會實現，於是造了一座懸空的屋子，很華麗，然後把兒子領到裡面保護起來。

為了讓孩子高興，老人在房間裡畫上各種動物，其中包括獅子。那孩子欣賞那些畫，越欣賞越覺得煩惱。

有一次，他站在獅子的畫像前，說：「可惡的野獸，由於你和我父親虛妄的夢幻，我像坐牢一樣被關在這座屋子裡。我該怎麼報復你？」

他一面說著，一面揮手向獅子砸過去，想把那獅子打瞎。

結果，有根尖刺扎進他的手指，引起腫脹和發炎，直至大腿根，進而出現高燒，很快便奪去他的生命。

獅子就這樣害死了孩子，父親的用心未能給孩子帶來任何好處。

這則故事是說，任何人都不可能躲過劫難。

✦ 280 ✦
⋯⋯⋯⋯⋯⋯⋯ 河流和皮革 ⋯⋯⋯⋯⋯⋯⋯

河流看見水面上漂著一塊獸皮，詢問它叫什麼名字。

獸皮答道：「我叫乾皮。」

河水嘩啦啦地衝擊著，說道：「你另起個名字吧！要知道，我很快就會讓你變軟的。」

這則故事是說，事物很容易恢復它的自然本性。

·················· 射手和獅子 ··················

有個富有經驗的射手去到山裡打獵。

所有的動物見了他都紛紛逃跑,唯獨獅子前來向他挑戰。

射手放出一箭,射中獅子,說道:「請你先接待我的使者,看看它怎麼樣,然後我自己再來進攻你。」

獅子很害怕,想逃跑。

狐狸要獅子放勇敢些,不要逃,獅子回答說:

「朋友啊,你騙不了我。要知道,射手的使者就這麼厲害,要是他本人親自進攻,我肯定對付不了。」

這則故事是說,千萬不要接近從遠處就能構成危險的人。

·················· 禿子 ··················

有個禿子把他人的頭髮戴在頭上,騎馬馳騁。

颳起一陣風,把那頭髮吹掉了,引起旁觀的人一陣哄笑。那禿子停下來,說道:

「那些原本就不是我的頭髮離開了我,讓我保持我出生時擁有的東西,這有什麼好奇怪的?」

這則故事是說,不要為遭遇不幸而苦惱,因為不是與生俱來的東西是不可能保持住的。

·················· **做客的狗** ··················

　　有人備辦酒席，邀請自己的親友赴宴。

　　他的狗也邀請另一隻狗友，說：「朋友，快來呀，到我這裡來赴宴。」

　　那狗友來了，看見豐盛的宴席，站在那裡，心裡想道：「太好了，現在真讓我高興，真讓我喜出望外，我一定要好好吃喝一番。」

　　那狗這麼想著，搖著尾巴，望著邀請自己赴宴的朋友。

　　這時廚師看見那狗尾巴在那裡搖來搖去，就一把抓住牠的腿，把牠從窗戶扔了出去。

　　那狗摔在地上，大聲嚎叫著離開了。

　　有些狗遇見牠，問道：「宴席享用得怎麼樣？」

　　那狗回答他們說：「我喝了，喝過了量，喝得大醉，連出來的路都不認識了。」

　　這則故事是說，不要相信那些什麼也沒有得到的人。

·················· **摔破神像的人** ··················

　　有個人供奉一座木製的神像。

　　他很窮，祈求神靈給他造福。

　　他一再祈求，但卻變得越來越窮。他很生氣，便抓住神像的腿，往牆上摔去。

神像的頭一下子被摔破，從裡面撒出了金子。

那人拾起金子，大聲說：

「我看你既高深莫測，又很愚蠢。我尊敬你，你不給我任何好處，我打了你，你卻給我這許多好東西。」

這則故事是說，對壞人，你尊敬他，卻得不到任何好處，你打了他，卻能得到更多好處。

✦ 285 ✦

························ **騾子** ························

有頭騾子〔29〕由於吃大麥，長得很肥。

牠跳躍著，自言自語地大喊：「我的父親是一匹奔跑迅速的馬，我完全像牠。」

後來有一天，必須去幹活，騾子被趕著奔跑。

等牠停下來後，牠滿臉愁容地立即想起，牠的父親是驢。

這則故事是說，即使時機使人享受榮耀，但是切不可忘記自己的出身，因為人生是不穩定的。

✦ 286 ✦

························ **馬和驢** ························

有個人有一匹馬和一頭驢。

---

29 騾是母馬和公驢交配的後代。

旅途中，驢對馬說：「你若是希望我平安無恙，那就請你從我這裡分擔一些負載。」

馬沒有接受。驢疲憊得倒在地上，死了。

這時，主人把所有的貨物，還有那張驢皮，都放到馬背上。馬哀痛地說道：

「啊，我真不幸！我怎麼這麼倒楣呢？我不願意分擔一小部分負擔，現在你瞧，卻馱上了所有貨物和這張驢皮。」

這則故事是說，強者應該幫助弱者，生活中雙方才能共同得救。

✦ 287 ✦
·············· 蚯蚓和狐狸 ··············

蚯蚓通常在汙泥裡藏身。

有一次，牠爬到地面上來，對動物們說道：「我是醫生，通曉醫藥，就像神醫派昂〔30〕那麼高明。」

狐狸聽了，對牠說：「你能給別人治病，怎麼沒有治治你自己的跛腳呢？」

這則故事是說，如果不打算行動，一切的話都是空話。

30 派昂（Paion）是古希臘神話中眾神的醫生。

生病的渡鴉

渡鴉病了，對母親說：「媽媽，你去求神吧，不要哭泣。」

母親回答說：「孩子啊，哪位神會可憐你呢？要知道，有哪位神的祭肉你沒有偷吃過？」

這則故事是說，平日樹敵過多，困難時便找不到朋友。

號兵

有個號兵吹號集合軍隊時，被敵人俘虜了。

他大喊著說：「諸位，請不要無緣無故殺死我。要知道，我沒有殺死你們中的任何人，而且除了這把銅號，我其他什麼都沒有。」

敵人對他說：「正因為如此，你更是該殺，因為你自己雖然不能作戰，卻鼓動全軍投入戰鬥。」

這則故事是說，那些鼓動邪惡、殘暴的統治者作惡的人，更應該被打倒。

戰士和渡鴉

有個很膽小的人去打仗。

渡鴉一叫，他就把所有的武器放下，一動也不動，然後再拿

起武器，繼續往前走。

渡鴉再叫，他又停下來。

最後，他說道：「你們想怎麼叫就怎麼叫吧，只要不把我當做美味品嘗就行了。」

這則故事諷刺那些非常膽小的人。

蛇的尾巴和身體

蛇的尾巴和頭爭吵，說應該輪到牠來帶路，不能總是跟在頭後面行走。

於是，尾巴帶領上路，沒有理智地隨便爬行，迫使頭違背自然地跟著又啞又瞎的它行走，結果把頭撞碎了。

這則故事是說，那些企圖博得所有人稱讚的執政者，也會遭受這樣的敗績。

獅子、普羅米修斯和大象

獅子經常責備普羅米修斯，儘管普羅米修斯把獅子造得體格魁梧，形貌俊美，還給牠的嘴裡武裝了牙齒，給牠的腳上裝上爪子，讓牠比其他野獸更有力量，但是獅子說：「然而儘管如此，我卻害怕公雞。」

普羅米修斯回答道：「你為什麼徒然指責我呢？凡是我能造

的，你都具備了，只是你的心靈太軟弱。」

就這樣，獅子自怨自嘆，責怪自己太怯懦，最後想尋死。

牠正這樣尋思，遇見了大象，向大象打過招呼，就站在那裡攀談起來。

牠看見大象不停地扇動耳朵，就問道：「你這是怎麼啦？為什麼一刻不停地晃動耳朵？」

這時恰好有蚊子繞著大象飛，大象說：「你看見這個嗡嗡叫的小東西沒有？要是牠鑽進了我的耳道，我就會死掉。」

獅子說道：「公雞比蚊子強大多少，我也就比大象幸福多少，我為什麼還要尋死呢？」

請看，蚊子也有如此大的力量，甚至連大象都害怕牠。

◆ 293 ◆

⋯⋯⋯⋯⋯⋯⋯⋯ 樹木和油橄欖 ⋯⋯⋯⋯⋯⋯⋯⋯

從前樹木聚到一起，決定為自己立王。

它們對油橄欖樹說：「請你做我們的王。」

油橄欖樹對它們說：「要我丟下天神和凡人都很珍重的油脂，去做樹木的王？」

樹木又去對無花果樹說：「來吧，請你做我們的王。」

無花果樹對它們說：「要我丟下我的甜味和美好的果實，去做樹木的王？」

樹木又去對灌木說：「來吧，請你做我們的王。」

灌木回答樹木說：「要是你們確實想讓我做你們的王，那好吧，就請你們到我的蔭庇下來。如果不這樣，火焰會從灌木叢裡

跑出來，吞噬綠嫩的香柏樹。」

························ 狼和狗 ························

　　狼看見一隻肥大的狗戴著脖套，問狗說：「是誰把你拴住，把你餵得這麼肥壯？」

　　狗回答說：「是獵人。」

　　狼聽了說道：「但願狼不會受這種待遇。要知道，我寧願捱餓，也不想戴沉重的脖套。」

　　這則故事是說，不應該以身陷不幸求飽食。

························ 驢和狗 ························

　　驢和狗一同行路。

　　牠們看見地上有封封好的信，驢把信撿起來，扯毀封印，打開信，放聲朗讀，讓狗可以聽見。

　　驢說，信裡提到飼料，有乾草，有大麥，有穀糠。

　　狗聽驢讀著那些東西，很不耐煩，就對驢說道：「好朋友，請跳過去幾行，或許那裡會提到肉和骨頭。」

　　驢把整封信都讀完了，也沒有發現任何狗想找到的東西。

　　於是狗對驢說：「朋友，把信扔到地上吧，全是些沒有用的東西。」

·········· 牆壁和木釘 ··········

牆壁被木釘釘裂，大聲說：「我什麼壞事也沒有做，你為什麼把我釘裂？」

木釘回答說：「肇事者不是我，是在後面狠狠敲打我的人。」

✦ 297 ✦

·········· 冬天和春天 ··········

冬天嘲笑春天，指責只要春天一出現，便誰也不會安靜。有些人去草地和叢林，或是興高采烈地採摘花朵，觀賞百合或玫瑰，把它們插上頭髮；有些人則登上船，出海航行，與他邦人結交，誰也不去想會有風暴和驟雨，並且說：

「而我像一個專制君主那樣進行統治，迫使人們不抬頭望天，而是低頭看著地上什麼地方，感到恐懼害怕，只好心滿意足地整天待在家裡。」

春天回答說：「這就是為什麼人們總是滿心歡喜地擺脫你，我的名字本身甚至都令他們覺得美好，憑宙斯起誓，比所有的名字都美好。在我離開之後，他們記著我；當我出現時，他們欣喜若狂。」

⋯⋯⋯⋯⋯⋯⋯⋯⋯⋯⋯⋯ 人和蟈蟈 ⋯⋯⋯⋯⋯⋯⋯⋯⋯⋯⋯⋯

有個窮人捉蝗蟲的時候，捉到一隻叫聲美妙動聽的蟈蟈[31]，要把牠掐死。

這時蟈蟈對那人說：「請不要無緣無故地殺死我，我既沒有傷害穀穗，也沒有毀壞樹枝，我只是讓翅膀和腿協調動作，發出聲音，讓路人聽了高興，於人有益，除了聲音吵鬧一點，你對我找不到其他缺點。」

那人聽蟈蟈這麼說，就把牠放了。

⋯⋯⋯⋯⋯⋯⋯⋯⋯⋯⋯ 女人和農夫 ⋯⋯⋯⋯⋯⋯⋯⋯⋯⋯⋯

有個女人不久前死了丈夫，她每天想起丈夫就哭泣。

有個鄰居種地，想和她接近。於是他丟下牛，過來和她一起哭泣。

那女人問他：「你為什麼哭泣？」

農夫回答說：「我埋葬了一個美麗的女子。每當為她哭泣時，我就可以緩解痛苦。」

那女人說：「我也有這種感覺。」

農夫說道：「既然我們陷入了同樣的悲痛，那我們為什麼不在一起呢？我愛你將有如愛我那個妻子，你愛我也將有如愛你那

31 即螽斯。

個丈夫。」

他這樣說，說服了那個女人，同她親近玩耍。

有個人走來，解開了那些牛，趕走了。

那個農夫回來，找不到牛，哭了起來，還一面哭泣，一面捶打自己。

那個女人來找他，見他悲傷地哭泣，就問道：「你怎麼又哭了？」

農夫回答說：「現在是真哭了。」

·············· 情人和女人 ··············

有個人去找一個女人，夜裡偷偷地和那女人相會。

他給了那女人一個暗號，以便能認出他來，那就是每當他到來時，從門外有如小狗吠叫，就給他開門。那女人每次都這樣做。

有一個人看見他傍晚順著那條路行走，知道了他的劣行。於是一天夜裡，便遠遠地偷偷跟隨他。此人絲毫沒有疑心，來到門前，按慣例行事。跟隨的人看到了一切，就返身回家。

夜晚來臨，那人先來找這個通姦的女人，並且如小狗吠叫，這女人斷定是姦夫來了，就熄燈，以防有人看見他，同時給他打開門。那人進了屋，耍這女人。

過了不久，她原來的姦夫來了，按照慣例在門外裝小狗吠叫。

屋裡那人聽見了，知道誰在屋外裝小狗吠叫，便起來，從屋裡有如一頭更大的狗般，大聲吠叫起來。

姦夫在屋外明白，那人比他強大，就離開了。

··············· 小偷和旅店老闆 ·················

　　小偷住進一家旅店。

　　他在那裡連住了幾天，以為能偷到什麼東西。

　　當他什麼也沒有偷到時，一天他看見旅店老闆穿著一件漂亮的新襯衫——因為當時正值節慶——坐在旅店門前，附近不見有其他人，他便走過去，坐到老闆身邊，跟老闆閒聊起來。

　　他們聊了足足一個時辰，小偷張開大嘴，並且一面張大嘴，一面像狼那樣嗥叫。

　　旅店老闆問他：「你這是怎麼啦？」

　　小偷回答說：「現在我就告訴你，不過首先我有一事求你，請你保管我這件斗篷，因為我不得不把它留在這裡。店主大人，我也不知道我怎麼會這樣張嘴打哈欠，是由於我有什麼罪過呢，還是由於其他什麼原因，我真不知道，——是這樣，我只要這樣連續打三次哈欠，我就會變成一隻狼，還會吃人。」

　　他一面這樣說，一面就第二次張嘴打哈欠，像第一次那樣重又嗥叫起來。

　　旅店老闆聽他這麼說，相信了小偷的話，心中害怕，站起身來想逃跑。

　　這時小偷抓住他的襯衫，向他懇求道：「請留下，我的好店主，把我的這件斗篷拿去，免得我失掉它。」

　　他一面這麼說，一面又張開嘴，開始打第三次哈欠。

　　旅店老闆驚恐不已，擔心小偷真會把他吃了，於是扔下自己的襯衫，飛速跑進了旅店。

　　小偷抓著那件襯衫，立刻跑了。

相信不真實的話的人，常常會有這種遭遇。

·················· 青蛙和老鼠 ··················

從前，動物之間的語言是共通的。

老鼠和青蛙交朋友，邀請青蛙赴宴，領青蛙到一個富人的儲藏室，那裡有麵包、乾酪、蜂蜜、無花果乾和許多其他好吃的東西，對青蛙說：「青蛙，你就吃吧，想吃什麼就吃什麼。」

青蛙對老鼠說：「你也到我那裡去，把我的好東西好好飽餐一頓。你不用害怕，我會把你的腿拴到我的腿上。」

於是，青蛙把老鼠的腿拴到自己腿上。跳進池塘，拖著被拴著的老鼠。

老鼠快要被淹死時，說道：「我雖然將會被你害死，但是活著的動物會為我報仇。」

這時一隻雀鷹看見老鼠漂浮在水面上，就飛下來捉住牠。

就這樣，青蛙也和老鼠一起被拉上來，雙雙被撕碎。

這則故事是說，朋友們的惡主意也會給他們自己帶來危險。

·················· 農夫和毛驢 ··················

有個農夫住在鄉下，直到上了年紀都還沒有進過城，要家裡人讓他去看看城市。

家裡人給他套好大車和毛驢，對他說：「你只要趕著毛驢，
牠們會把你送往城裡。」

後來起了風暴，颳得天昏地暗，拉車的毛驢迷路，來到一處
陡峭的地方。

老人看到自己面臨的危險，說道：

「宙斯啊，我在什麼事情上冒犯過你，以至於我將這樣死去，
而且不是死在受尊重的馬或高貴的騾子手裡，而是死在最沒有用
的毛驢手裡？」

這則故事是說，光榮地死去勝過忍辱偷生。

✦ 304 ✦

·············· 父親和女兒 ··············

有人愛上了自己的女兒。

他屈服於愛情，把妻子送到鄉下，欲對女兒施暴。

女兒說：「父親啊，你這是不潔行為。我即使委身於一百個
男子，也不能屈從於你。」

這則故事是說，要是可能，寧可與野獸同生活，也比受親屬
折磨強。

✦ 305 ✦

·············· 傻女兒和母親 ··············

有個女人有個年輕的傻女兒。

那女人到處求女神賜給她女兒智慧。她這樣直言不諱地祈求，女兒聽見了，記住了她的話。

　　過了些日子，女兒同母親一起去到鄉下，向院子裡張望，看見一頭母驢正被一個人暴虐，便問道：「喂，你在幹什麼？」

　　那人回答說：「我在給牠灌智慧。」

　　傻女兒想起母親每次都祈求給她智慧，於是請求那人說：「喂，那你也給我灌點智慧。要知道，我的母親為此會非常感激你的。」

　　那人聽見了，就丟下驢，糟蹋那傻女子，敗壞了她。

　　傻女兒事後滿心喜悅地去找母親，說道：「你看，媽媽，由於你的祈求，我得到了智慧。」

　　母親說：「那是神明聽取了我的祈求。」

　　傻女兒說道：「不是的，媽媽。」

　　母親問：「你怎麼知道的？」

　　傻女兒說：「是有個人把它灌進我肚裡的。」

　　母親聽了，明白是怎麼回事，說道：「女兒啊，你把你原先的智慧也毀了。」

◆ 306 ◆

·········· 水手和兒子 ··········

　　據說有一個水手有個兒子，想讓兒子學習文法學。

　　於是，他讓兒子學習這門科學，經過一段時間的教育，使兒子在這方面達到最高境界。

　　這時兒子對父親說：「爸爸，你看，我已經嚴格修完了整個

文法學，因此我想再學修辭學。」

父親聽了很高興，又讓他修習這門科學，好使他成為修辭學家。

過了些日子，年輕人在家裡同父母一起用餐，想向他父母及其他人說明他對文法學和修辭學如何精通。

這時父親對兒子說：「我聽說過什麼是修辭學，稱修辭學是所有科學的寶庫，有如一個巨富，它能讓人正確地寫作。因此，現在不妨試試你的技能。」

兒子回答說：「文法學要求按照規則分配一隻雞，譬如說分配這隻公雞，我這就演示給你們看，文法學確實比其他科學更高超。」

他一面剁雞，一面說：「爸爸，我把雞腦袋給你，因為你是一家之主，向我們所有的人發號施令。母親，我把這些爪子分配給你，因為你整天在屋裡跑來跑去，忙碌許多事情。你除了兩腿外，便再沒有什麼比它更優越了。我把這死屍的軀幹留給自己，因為生活中沒有什麼更能激起我的胃口，讓我享受接受教誨的好處。」

他一面這樣說，一面開始吃雞。

他的父親很生氣，奪下那隻雞，分成兩半，說道：「首先，我不想把這隻雞留下來，而是想要我吃這一半，你母親吃那一半。至於你，你就吃憑你那修辭學可以得到的東西吧。」

生活中那些靠設騙局和用語言狡詐地行事的人，常常會遭遇這樣的結果。

小狗和青蛙

有隻小狗跟著一個行路人走路。

由於一直沒有停歇，天氣又炎熱難忍，小狗感到非常睏乏，到了晚上，便一頭倒在一處湖邊潮溼的草地上睡著了。

小狗睡得正香，附近的青蛙像平常那樣，一起大聲鳴叫起來。

小狗被吵醒，很不高興。牠想，要是立刻跳進水裡，對那些青蛙狂吠一番，也許能讓牠們停止鳴叫，那時便可以舒舒服服地睡一覺了。

牠這樣一連做了好幾次，都絲毫不見效果。牠只好退了回來，生氣地說：

「要是我想讓你們這些如此嘮叨不休、惹人心煩的東西改變習性，變得文雅而善良，那我就比你們還要傻。」

這則故事是說，對那些傲慢無禮的人，不管人們如何熱情勸告，他們也不會把鄰人的話放到心上。

主人和船夫們

一次，有個主人乘船出海，遇上大風浪，感到非常疲倦，而船夫們由於風暴，得更費力地划槳。

主人對他們說：「你們如果不把船划快點，我就用石頭砸你們。」

這時有一個船夫說道：「但願我們是在能夠找到石頭的地方。」

我們在生活中也有類似的情形，寧願接受較輕的懲罰，以躲避較沉重的懲罰。

貓和雞

貓假裝過生日，邀請雞來赴宴。

牠注視著那些雞都進屋後，就關上門，開始一隻隻地抓來吃。

這則故事適用於那樣一些人，他們懷抱希望而來，結果卻與他們的願望相反。

庸醫

有個人生病，一個庸醫認為他沒有希望了，然而他卻康復了。

過了些日子，醫生遇見那人，問他怎麼還活著，因為醫生自己對他已經失去希望。

那人回答說，是冥間船夫開恩，放他從那裡回來的。那人還說，船夫卡戎〔32〕已經限定少數幾天的時間，要所有的醫生都到他那裡去接受審查，因為醫生不用心，許多人都喪了命。

那人繼續對醫生說：「不過你不用害怕，因為我已經告訴卡戎，說你從來就不是醫生。因此他已經做記號，把你從中除名了。」

---

32 卡戎（Charon）是冥王黑帝斯的船夫，負責划船將剛離人世的亡魂渡過冥河。

這則故事嘲笑那些愚庸無能，又無自知之明的人。

⋯⋯⋯⋯⋯⋯⋯⋯⋯ 口渴的冠鳥 ⋯⋯⋯⋯⋯⋯⋯⋯⋯

冠鳥口渴，來到一只水罐前。

牠使勁推那水罐，但沒能把水罐推倒。牠見水罐仍穩穩地立著，自己推不倒它，便採用牠想出的辦法。

牠將小石子一塊塊投進水罐裡，那些石子使水從罐底上升，冠鳥終於解除了自己的口渴。

這則故事是說，智慧更有力量。

⋯⋯⋯⋯⋯⋯⋯⋯ 老鼠和青蛙 ⋯⋯⋯⋯⋯⋯⋯⋯

青蛙勸老鼠游泳，把老鼠的腿拴到自己的腿上。

牠帶領老鼠到水塘邊，牠自己是水生動物，非常高興地鑽進水裡，而老鼠則由於不適合自己的天性，游著游著，就淹死了。

過了三天，老鼠泡漲成一只皮囊浮動著，雀鷹飛過，抓起老鼠漂浮的屍體。青蛙也隨著麻繩被拉起來，雀鷹立刻把牠吃了。

同樣，有的人慫恿別人冒險，也把自己毀了。

·················· 病驢和狼 ··················

驢病了，狼去看望。

狼開始撫摩驢的身體探察，問驢哪裡痛得厲害。

驢回答說：「就你碰著的地方。」

壞人也是這樣，如果他們顯出是在幫助人，為害更大。

·················· 田鼠和家鼠 ··················

田鼠邀請家鼠赴宴，給家鼠擺出了田地裡生長的無花果、葡萄和其他堅果，讓家鼠吃。

家鼠看出田鼠非常貧窮，就邀請田鼠第二天到牠那裡去做客。

家鼠把田鼠帶到一個富有人家的庫房裡，一會兒擺上各種肉

食，一會兒擺上各種魚類，一會兒又擺上各種餡餅，好盡情享用。

正當牠們坐在這些美食前時，庫房管理婆走了進來，嚇得牠們趕緊逃跑了。

田鼠對家鼠說：「你自己在豐盛的佳餚間享受美餐吧，我寧可在無憂無慮和自由自在中享用我那種餐食。」

✦ 315 ✦
雀鷹和天鵝

從前，天性也讓雀鷹具有天鵝那樣的唱歌本領。

後來雀鷹聽見馬嘶鳴，很喜歡馬群發出的聲音，便模仿牠們。

牠們一起放棄原有的聲音，非常認真地學。結果，牠們既沒有學會嘶鳴，又忘記了唱歌。

這則故事是說，不適當的模仿會失掉原有的特色。

✦ 316 ✦
捕鳥人和蟬

捕鳥人聽見蟬鳴，以為會捉到什麼大傢伙。

他一面走著，一面憑歌聲估計那隻動物的大小。

他施展技巧，捉到那隻動物，發現除了裝滿歌聲外，什麼也沒有，於是他指責想像，它使許多人陷入錯誤的判斷。

同樣，庸人往往顯得高於實在。

牧人和山羊

有隻山羊離開了羊群，牧人試圖讓牠返回來。

不管他怎麼做，或是呼喊，或是吹口哨，都沒有用。

這時牧人就扔過去一個石塊，不料正好擊中那山羊的一隻角，牧人請求山羊不要把事情告訴主人。

山羊回答說：「你真是牧人中最傻的人，即使我不說，我這角也會公開聲張的。」

這則故事是說，企圖掩蓋明顯事實的人，是很愚蠢的。

驢和狼（之二）

驢的腳上扎了根刺，到處求醫。

許多野獸都不敢承諾，惟有狼答應醫治牠，用牙齒從牠腳上

拔出那根刺。

結果，驢用那醫好的腳踢了醫治者。

同樣，壞人常常以怨報德。

小蟹和母蟹

母蟹對小蟹說：「孩子，你為什麼總是斜著眼睛，橫著走路？應該直著走。」

小蟹對母親說道：「媽媽，你帶路，我試著走。」

可是母蟹只有蹦跳著才能直行，於是小蟹說牠腦子有毛病。

這則故事是說，規勸容易，做起來難。

◆ 320 ◆

馬

馬為自己變老而苦惱，因為得去拉磨，不是去打仗。

當牠不得不去拉磨，而不是打仗的時候，牠對面臨的命運不禁傷心落淚，懷念往昔。牠說：

「磨坊主啊，從前我從軍時，全身裝飾，有人緊緊跟隨侍候。現在我不明白，為什麼竟然讓我拉磨，而不是打仗。」

磨坊主對牠說：「不要再嘮叨過去了。人的命運是變幻的，要知道忍受，或好或壞。」

······················ # 公牛和獅子 ······················

三頭公牛在一起吃草。

有頭獅子跟著牠們，想把牠們吃掉。由於公牛們待在一起，獅子無法對付牠們。

獅子明白，惟有把牠們拆散，才能征服牠們。

於是，獅子唆使牠們互相衝突，讓牠們分開，然後選擇時機一一征服了牠們；而那些公牛團結在一起生活時，獅子想征服牠們是很困難的。

這則故事是說，團結一致是弱者的生路。

······················ # 小鹿和母鹿 ······················

母鹿勸誡小鹿說：「孩子，你的頭上已經長出了角，你的身軀也長得高大，不知道你為何一看見狗過來就跑。」

正在這時候，遠處有狗跑動。剛才母鹿還要孩子站在原地不動，現在牠自己卻首先開始逃跑。

規勸容易，做起來難。

········· **狐狸和獅子** ·········

狐狸以助手的身分，與獅子一起生活。

狐狸搜尋野獸的蹤跡，獅子去捕捉，然後按功勞分配。

後來狐狸忌妒獅子捕捉野獸顯得比牠搜尋更重要，於是就自己去捕捉。

結果，當牠試圖捕捉一隻羊時，牠自己卻先成了獵物。

安安穩穩地當從屬，比充滿危險地掌權要好。

········· **油橄欖樹和無花果樹** ·········

油橄欖樹譏笑無花果樹，說它自己一年中每個季節都是青綠，而無花果樹在一定的季節裡總會凋零。

正在這時，雪花飄揚而下。雪花發現油橄欖樹枝葉繁茂，就棲息在它的枝頭，把油橄欖樹連同它那美麗的身姿完全壓垮了。

與此同時，雪花發現無花果樹枝頭的葉子掉落殆盡，就沒有傷害它，而是讓自己直接飄落到地上。

這則故事是說，不適當的美會給擁有者招來恥辱。

······················· **蜜蜂和牧人** ···············

蜜蜂在樹洞裡釀蜜。

有個牧人看見蜜蜂釀蜜,想把那些蜜取走。從各處回來的蜜蜂都圍繞著他飛,用刺螫他。

牧人最後說道:「我還是走吧,如果必須被蜜蜂螫,我寧可不要蜜了。」

不義之財對於追求者來說是危險的。

························· **蛇和鷹** ·······················

蛇和鷹互相纏在一起交戰。蛇終於把鷹制伏了。

這時一個農夫看見了,解開蛇的纏結,使鷹獲得自由。

蛇對此很生氣,便把毒投到農夫的飲料裡。

農夫無意中正要喝那飲料,鷹飛過來,把農夫手裡的杯子撞掉了。

為善者會有好報。

················· **葡萄樹和山羊** ···············

葡萄樹上結滿一串串葡萄,嫩枝也如果實一樣繁茂。

一隻山羊非常傲慢地啃著葡萄樹，走向那些嫩枝，肆意糟蹋。這時葡萄樹對牠說：

「你如此傲慢，會受懲罰。要知道，過不了多久，你就會成為祭祀的犧牲，那時我會把酒灑在你身上。」

為惡者往往會自食其果。

·························· 農夫和狐狸 ··························

有個農夫，見鄰人莊稼生長茂盛，心中產生嫉恨，想毀掉鄰人的莊稼。

他在捕捉狐狸時，把燃燒著的木柴〔33〕扔到鄰人的莊稼地裡。

狐狸從那裡經過，取走木柴，按照神的意志，燒毀了那個扔木柴的農夫的莊稼。

壞心眼的鄰居往往會先受到傷害。

·························· 渡鴉 ··························

渡鴉看見天鵝，非常羨慕天鵝一身潔淨的顏色。

牠以為天鵝的顏色是洗澡洗出來的，於是便離開經常覓食的祭臺，飛到湖邊和河畔去居住。

---

33 捕捉狐狸時，用燃燒的木柴驅趕狐狸出洞。

不管渡鴉怎樣把身體洗了又洗，也沒能改變牠那身顏色，結果卻由於缺少食物，而喪失性命。

生活方式改變不了自然本性。

✦ 330 ✦
河流和大海

河流聚在一起責備大海，對大海說：「我們起初是可以喝的，而且很甜美，為什麼注入你們的水中之後，便變成鹹澀而無法喝？」

大海知道為什麼指責它，就對河流說：「請你們不要流過來，也不要成為鹹澀的。」

這則故事適用於這樣一些人，他們無端指責他人，其實他們自己享受著對方的幫助。

✦ 331 ✦
獵人和狼

一個獵人看見有隻狼來襲擊羊群，拚命把羊撕碎。

他想捕捉那隻狼，就放出獵狗去追，對狼說：「你這個最膽小的野獸，你的力量哪裡去了，連這幾隻狗都對付不了？」

這則故事是說，每個人只有在自己擅長的事情上才是能手。

······· ## 公牛、母獅和獵人 ·······

公牛發現一隻小獅子在睡覺，就用角把小獅子頂死了。

母獅回來了，為小獅子的死痛苦地哭泣。

一個獵野豬的人從遠處看見母獅在那裡悲慟，就站在那裡對母獅說：

「因兒女被你們咬死而傷心落淚的人，還不知道有多少呢！」

這則故事是說，一個人用什麼標準衡量人，人們也會用什麼標準衡量他。

······· ## 狗和鐵匠們 ·······

有隻狗在鐵匠家裡生活。

鐵匠們幹活的時候，這隻狗就睡覺；牠的主人們吃飯時，牠就走過去。

鐵匠們對狗說道：「為什麼沉重的鐵錘的敲擊聲，全然不能把你吵醒，而牙齒輕微的摩擦聲，卻會把你驚醒？」

這則故事是說，人們對於顯得對他們有利的事情，往往能迅速聽見；而對於令他們不快的事情，總是懶散、不在意，聽而不聞。

狐狸和獅子

狐狸看見獅子被關著，就站在近處狠狠地辱罵獅子。

獅子對狐狸說：「罵我的不是你，而是我現在的不幸遭遇。」

這則故事是說，許多有名望的人遭遇不幸的時候，他們會受到卑微之輩的藐視。

狗和狐狸

一些狗發現有張獅子皮，就把它撕扯起來。

狐狸看見了，對牠們說：「要是這隻獅子還活著，你們定會知道，牠的爪子比你們的牙齒更有力量。」

這則故事是說，有名望的人失去榮耀時，他們會遭人藐視。

病鹿

有隻鹿病倒了，躺在一處草地上。

動物們都來看望牠，把牠周圍的草都吃光了。

後來，那隻鹿的病雖然好了，但是由於缺少食物而耗盡了自己，沒草使牠喪失了性命。

這則故事是說，擁有過多而無用的朋友，對自己不僅無益，

而且會招來損失。

✦ 337 ✦
·················· 小偷和狗 ··················

小偷看見狗從旁邊經過，便不斷給狗扔麵包碎塊。

狗對小偷說：「喂，你給我滾開。要知道，你這種不盡的好意，更說明會發生大事情。」

這則故事是說，有些人大量送禮，表明他們存心不良。

✦ 338 ✦
·················· 野驢和家驢 ··················

野驢看著家驢馱著沉重的貨物，就指責家驢所受的奴役，說道：「我確實很幸福，自由自在地生活，不知勞累地無憂無慮，在山裡得到草料。而你完全以另一種方式生活，持續不斷地忍受奴役和鞭打。」

正在這時，出現了一隻獅子，牠不走近家驢，因為有趕驢人和驢在一起，而是向孤單的野驢撲過去，把野驢吃了。

這則故事是說，那些自由無羈、倔強頑拗、固執己見、不要別人幫助的人，會迅速遭到不幸。

·················· **人和種園人** ··················

有個人看見種園人正在澆灌蔬菜，就問種園人說：「為什麼
野生的蔬菜生長旺盛，而那些栽種的、辛勤耕作的季節性蔬菜經
常萎蔫？」

種園人回答說：「那些野生的蔬菜是由唯一的神挑選的，而
我們的那些蔬菜則是由人的手培植的。」

這則故事是說，母親的撫養比後母的關心更有利於兒女成長。

·················· **狗和母狼** ··················

狗緊追一隻母狼，自恃腿腳奔跑迅疾，體力充沛，以為母狼
逃跑是由於軟弱無力。

這時母狼轉過身來對狗說：「我不是怕你，是怕你主人的襲
擊。」

這則故事是說，不要借他人的高貴來自誇。

·················· **人、馬和小駒** ··················

有個人騎著一匹懷孕的母馬趕路。

途中那匹母馬產下一頭小駒。小駒立刻跟在母馬後面走，很

快就感到頭暈，於是對牠母親背上的騎者說：

「喂，你看我如此弱小，實在走不動了。要是你把我扔在這裡，我會立即死去。然而要是你把我從地上抱起來，把我帶到目的地，好好餵養我，等我以後長大了，我也可以讓你騎。」

這則故事是說，希望從誰那裡得到回報，就應該先對他行善。

✦ 342 ✦

················· # 人和庫克洛普斯 ·················

有一個人，平日為人事事處處虔誠誠實，長時間來一直和自己的孩子們過著溫飽的生活，並不感困窘，但是後來他陷入極度的貧窮，內心非常痛苦，甚至開始責怪神明，並決定終了此生。於是他拿起一把寬刃劍，前去一處偏僻的地方，認為一死了之強過勉強地艱難苟生。

他正走著，忽然發現一個非常深的坑，裡面藏著不少金子，是一個巨怪藏在那裡的，那巨怪的名字叫庫克洛普斯[34]。

這個人看到那些金子，心中充滿恐懼和驚喜，於是扔下手中的寬刃劍，抱起金子，高高興興地往回跑，去找自己的孩子們。

後來，庫克洛普斯來到那個深坑，沒有找到金子，卻看見坑裡放著一把劍，就抽出劍，自殺而死。

這則故事是說，邪惡之人必遭惡報，善良之人必有善遇。

34 庫克洛普斯（Cyclops）是傳說中一種只長有一隻眼睛的獨眼巨怪。

獵人和騎者

有個獵人捉到一隻兔子，帶著那兔子走著。

他迎面遇見一個騎馬人，聲稱要買他的兔子。那個騎馬人從獵人手裡接過兔子，立即策馬而去。

獵人在後面努力追趕，以為可以追上。

當那個騎馬人和他相隔越來越遠時，他不得不對騎馬人大喊，說道：「你走吧，我已經把兔子送給你了。」

這則故事是說，許多人在東西被搶後，不得不裝著樂意把那些東西送人的樣子。

狼和獅子

狼抓到一頭小豬，正叼著小豬離開，卻遇上獅子，獅子立刻從狼那裡把小豬奪走。

狼失去小豬後，自言自語地說：「我真感到奇怪，我怎樣才能把搶得的東西保留住。」

這則故事是說，貪婪地強行奪得的他人之物，終究是保不住的。

·············· 年輕人和老婦 ··············

　　有個年輕人在暑熱中行路，遇見一個老婦，那老婦正好與年輕人同向而行。

　　年輕人看見老婦由於暑熱和旅途勞累，已經疲憊得頭暈目眩，不免憐憫老婦年老體衰。等老婦已經完全無力行走時，他便從地上扶起老婦，背到自己背上試試分量。他正這樣背著老婦，邪惡的想法攪亂了他的思緒，激發起慾念。他立即把老婦放到地上，施起暴來。

　　老婦簡單地問道：「你在對我幹什麼？」

　　年輕人回答老婦說：「你太重了，我想去掉你一點肉。」然後又把老婦從地上扶起來，背到背上。

　　他們行進了一段路後，老婦對年輕人說：「要是你仍然覺得我重，難以承受，那你就把我放下來，再去些肉。」

　　這則故事是說，有些人為了實現自己的目的，往往假裝是無意之舉，好像他們是為了其他目的而做那些事情。

·············· 牧人和狼 ··············

　　狼以為服裝可以改變外貌，從而獲得充足的食物。於是牠把一張羊皮披在身上，混進羊群，想以此欺騙牧人。

　　到了夜裡，牧人把這隻狼和羊一起關進了羊圈，把羊圈的入口處關好，把圈欄嚴嚴實實地圍好。當牧人想吃肉的時候，就用

刀把那隻狼殺死了。

　　同樣，穿上別人的服裝表演，往往會喪失性命，並且發現舞臺是巨大災難的根源。

附錄一
《費德魯斯寓言》
（選譯）

〔代引言〕

寓言創始人伊索發現了這些材料，
我用六音步詩格將它們琢磨潤色。[1]
這書有雙重意義：既可以引人發笑，
又可用富有智慧的勸告指導生活。
若有人想責備我們，說我們在寓言裡
不僅讓樹木，而且讓各種動物說話，
那請他記住，這是用虛構的故事戲謔。

1　費德魯斯的寓言用六音步抑揚格詩體寫成。

·· 狼和小羊 ··

狼和小羊口渴欲飲，分別來到
同一條小河邊，狼站在河水上游，
小羊遠遠地站在下游。這時那強盜
受凶殘的喉嚨激勵，想出了爭執的理由，
責問小羊道：「我想喝水，你為什麼給我
把水攪渾？」毛茸茸的小羊顫抖著反駁說：
「狼啊，我怎麼能做你責備我的事情，
河水是從你那裡流向我喝的地方。」
狼被真理的力量駁倒，仍繼續說道：
「你曾經咒罵過我，在六個月之前。」
小羊回答說：「那時我甚至還沒有出生。」
狼又說道：「那肯定是你的父親罵過我。」
狼就這樣不公正地把哆嗦的小羊撕碎。
這則寓言是為這樣一些人而作，
他們以虛構的口實殘害無辜的人們。

················· 請求有國王的青蛙 ·················

當雅典施行公正的法治國勢繁昌時，
放縱無羈的自由在公民中引起混亂，
恣情放任鬆開了他們昔日的限制。

利用黨派紛爭和祕密的陰謀活動，
僭主皮西斯特拉托斯[2]占領了衛城。
當阿提卡[3]人為悲慘的奴隸地位哭泣，
因為此人儘管不殘忍，但人們已
不習慣於忍受束縛而發出抱怨時，
伊索講述了下面這樣一則寓言。
「青蛙在自由的池塘裡到處遊蕩，
大聲鳴叫著請求朱庇特[4]委派國王，
讓國王用暴力約束牠們的放任習性。
神明之父微笑著，給牠們拋下一段
不長的圓木，圓木突然墜落池塘，
撞擊的聲響使膽小的族類驚恐萬狀。
那圓木插進淤泥，久久地停住不動，
有隻青蛙輕輕地從池塘露出頭來，
察看了一下國王，招呼所有的同伴。
牠們忘記了恐懼，爭先恐後地游來，
紛紛喧嚷著魯莽地跳上那根圓木。
在對圓木進行各種嘲辱之後，
牠們請求朱庇特另派一位國王，
因為派來的這位國王毫無作為。
朱庇特派去條水蛇，水蛇用銳利的牙齒

2　皮西斯特拉托斯（Pisistratus，約前六〇〇～前五二七），貴族出身，立有戰功，
在人民中有一定威望，前五六〇年用暴力奪取政權。雅典人稱這種不經過民選
而攫取權力者為僭主。
3　阿提卡（Attlica）是雅典鄉區，雅典是其首都。「阿提卡人」（Attici）通常代指雅
典人。
4　朱庇特（Jupiter）是古羅馬神話中的主神，相當於古希臘神話中的宙斯。

把牠們一個個俘獲。牠們無法逃脫
無謂的死亡，恐懼使牠們聲音哽塞。
這時牠們委託墨丘利[5]請求朱庇特，
拯救牠們於不幸。朱庇特轟鳴著回答：
「因為你們不願意接受善良的國王，
那就忍受邪惡者吧。」伊索說：「公民們，
忍受這不幸吧，免得降臨更大的災難。」

✦ 〇〇3 ✦

················ 寒鴉和孔雀 ················

為了使人們不以他人的優越為己榮，
而是按照自己固有的狀態度時日，
伊索為我們提供了這樣一個例子。
寒鴉心裡充滿虛幻的狂傲自負，
撿起孔雀蛻落掉下的一根根羽毛，
裝飾自己，從而蔑視自己的同族，
混進羽毛絢麗斑斕的孔雀群裡。
眾孔雀拔下這隻無恥之徒的羽毛，
用喙將牠趕走。寒鴉受盡虐待，
心情沮喪，希望返回自己的族群，
但又遭同族驅趕，忍受痛心的恥辱。
這時曾遭牠輕視的一隻寒鴉這樣說：

5　墨丘利（Mercurius）是古羅馬神話中的神使，相當於古希臘神話中的赫爾墨斯。

「你原先若是滿足於我們故有的巢穴，
樂於接受自然賦予我們的東西，
你就不會遭受牠們這樣地侮辱，
也不會又如此不幸地遭同族驅趕。」

················· 銜肉過河的狗 ·················

貪求他人者理應失去自己之所有。
有隻狗銜著塊肉過河，晃晃悠悠，
看見水面如鏡地映出自己的形象，
以為那是另一隻狗銜著另一個獵獲，
就想把它奪來。但貪婪欺騙了牠，
牠放棄了嘴裡銜著的這塊食物，
又未能得到牠如此渴望得到的那塊肉。

············· 母牛、山羊、綿羊和獅子 ·············

與強者結盟，從來不會牢固可靠。
這則寓言可以為我的看法作證明。
母牛、山羊、善於容忍不公平的綿羊
與獅子結夥，一起去山間林地狩獵。
牠們獵得一隻體魄高大的鹿，

獅子把獵物分成數份，這樣說道：
「我先領取第一份，因為我被稱為王；
你們把第二份給我，因為我是盟友；
第三份也應該歸我，因為我最強大；
若有誰膽敢碰一碰第四份，那牠會遭殃。」
就這樣，無恥的強權奪走了整個獵物。

✦ 006 ✦

………………………… 青蛙和太陽 …………………………

看見鄰居小偷舉行奢華的婚禮，
伊索立即講了這樣一則寓言。
有一次太陽想要成親為自己娶妻室；
青蛙大聲鳴叫，直傳至高高的天庭。
朱庇特被巨大的喧譁震驚，立即詢問
申訴的原由。沼中的居民這樣說道：
「現在僅一個太陽，便能使池沼乾涸，
把我們趕到乾燥的地方，讓我們死去，
要是它再生幾個孩子，那又將如何？」

✦ 007 ✦

………………………… 狐狸和悲劇面具 …………………………

有一次狐狸看見一個悲劇面具，

感嘆道：「多好的面孔，只是沒有腦子！」
這則故事適用於那些受命運賜予
地位和榮譽，卻缺乏通常智慧的人們。

·········· 狼和鷺鷥 ··········

誰期待惡棍作應有的報酬，誰便犯了
雙重錯誤：既幫助不該幫助之人，
自己也難以不遭災禍地安全逃脫。
狼吞下一塊骨頭，扎住牠的喉嚨，
難忍巨大的痛苦，開始一個個哀求，
幫助取出那倒楣的骨頭，答應酬報。
鷺鷥終於聽信了狼的旦旦信誓，
把自己長長的脖子託付給狼的咽喉，
給狼進行包含巨大危險的治療，
當牠為此向狼索要約定的報酬，
狼說道：「你真不知感恩，既然安全地
把頭從我的嘴裡抽出，還要求酬報。」

·········· 責備兔子的家雀 ··········

我們將用幾行詩展示有人

不為自己操心，卻愚蠢地責備他人。
兔子被老鷹逮住，痛心地放聲哭泣，
家雀責備兔子說：「你那出色的敏捷
哪裡去了？雙腳為何如此遲緩？」
牠正這樣說，自己卻意外地被雀鷹抓住，
徒然地大聲抱怨呼喊，被雀鷹殺死。
兔子奄奄一息地說道：「臨死的安慰！
你剛才無憂無慮地嘲笑我的不幸，
現在同樣地抱怨著哭泣自己苦命。」

·················· 狼和狐狸受猴子審判 ··················

任何人只要一次以謊言玷辱自己，
即使他以後說真話，也會失去信任。
伊索下述簡短的寓言可以作證。
一次狼指控狐狸犯有偷竊罪行，
狐狸否認自己與任何罪愆有涉。
這時由猴子出任法官審判牠們。
在雙方詳細說明各自的理由後，
猴子這樣宣布自己做出的判決：
「狼啊，你顯然未遭受你所指控的損失；
狐狸，我相信你偷了你極力否認的東西。」

驢和獅子打獵

一個人缺乏勇氣，卻極力吹噓自己，
那只能欺騙他人，令知情者恥笑。
獅子與一隻小驢做伴，同去狩獵，
牠把小驢藏進灌木叢，給以指導，
要牠用非同尋常的聲音嚇唬野獸，
牠自己逮住逃出的獵物。長耳朵朋友
立即使出全部力氣，放聲嘶叫，
新奇的怪異聲音給野獸造成混亂。
牠們驚恐萬狀地奔向熟悉的出口，
一個個被獅子的瘋狂襲擊逮住。
獅子撲殺得筋疲力盡，招呼驢子，
要牠停止嘶叫。驢子高傲地問道：
「在你看來，我的聲音威力如何？」
獅子答道：「這還用說，我要是不知道
你的本性和族類，我也會驚恐地竄逃。」

鹿在泉水邊

遭蔑視的東西往往比受稱讚的東西
更為有益，下面的故事可以作證明。
一隻鹿喝完泉水，站在水泉岸邊，

看見倒映在流水中自己的身影。
正當牠驚異地欣賞自己多枝的長角，
責備自己的腿柔弱纖細的時候，
突然被傳來的獵人們的喊聲驚起，
立即撒腿奔向平原，輕鬆的奔跑
使牠躲開了獵狗。當牠到達樹林時，
多枝的長角卻使牠在林中被纏受阻，
獵狗上前瘋狂地撕咬，將牠扯碎。
據說那鹿臨死時說出了這樣的話語：
「啊，我真不幸，直到現在才明白，
我所輕視的東西對我多麼有用，
我所稱讚的東西卻帶來怎樣的災禍。」

✦ 013 ✦

···························· **狐狸和烏鴉** ····························

欣悅於狡獪之人對自己的誇獎，
常常會使自己蒙受恥辱而後悔。
烏鴉從窗戶裡叼得一塊奶酪，
飛上高高的樹梢，正想將它吃掉，
狐狸見了心嫉妒，這樣開言對牠說：
「烏鴉啊，你那片片羽毛多麼光亮，
你那體態和儀容又與你多麼相稱！
若你也有好嗓子，便勝過整個鳥類。」
這時愚蠢的烏鴉想展示自己的嗓音，

牠一張嘴，便掉了奶酪，狡猾的狐狸
迅速用貪婪的牙齒逮住掉下的食物。
這時被騙的烏鴉悲嘆自己的愚蠢。
（這則故事表明，天資多麼重要，
思想機敏常常勝過行為魯莽。）

·· 冒名醫生 ··

一個手藝低下的鞋匠迫於貧困，
便遠走他鄉開始操起行醫的行業，
冒名偽造，出售虛假的解毒藥物，
不惜花言巧語，傳揚自己的名聲。
那個城邦的國王當時正身患重病，
臥床不起，為了考驗這位醫生，
便要來一只高腳杯，把水灌進杯裡，
詭稱杯中摻有那人的解毒藥和毒藥，
命令他自己喝下，答應給他賞賜。
那人害怕死去，當時不得不承認，
並非由於出色的醫術，而是由於
人們的愚蠢使他贏得了名醫的聲譽。
國王將人們召集起來，對他們說：
「現在請你們看看自己多麼呆愚，
你們竟然把自己的生命託付給他，
一個甚至都不願讓他給鞋穿之人。」

我講這個故事適用於這樣一些人，
厚顏無恥之徒得益於他們的愚蠢。

···················· 驢子和老牧人 ····················

國家統治者發生變更，貧苦的人們
不會有任何變化，只是變換了主人。
這則短小的寓言可表明這是真理。
一位老年牧人在草地放牧驢子。
驟起的敵人的吶喊使他陷入恐懼，
他招呼驢子趕快逃跑，免得被捉住。
但那驢子懶惰地說道：「難道你認為
勝利者會讓我的背馱載雙倍的馱簍？」
老人稱說不會。「到那時，為誰服役與我
有什麼關係，既然我仍承擔往日的負載？」

···················· 綿羊、鹿和狼 ····················

騙子召請卑劣之徒為契約作擔保，
那不是想執行協議，而是圖謀作惡。
鹿請求綿羊借貸給牠一斗小麥，
由狼作擔保。綿羊預感到其中的陰謀：

「狼的習性一向是搶劫，然後逃跑，
你也會一跳一躍著逃走，不見蹤影，
期限來臨，我去哪裡向你們索討？」

綿羊、狗和狼

騙子常常會為自己的惡行受懲罰。
好誣陷他人的狗向綿羊索要麵包，
好像那是綿羊以前向牠的借貸，
為此把狼招來作證，狼聲稱綿羊
不是借貸了一份，而是整整十份。
綿羊迫於虛假的證言，不得不交付
牠從未借貸的那麼多東西。未過幾天，
綿羊見狼在坑邊喝水時掉進坑裡，
說道：「這是神明讓說謊者付代價。」

♦ OI8 ♦

臨產的狗

邪惡之人的媚惑往往包藏著陰謀，
下面的詩行告誡我們要逃避獻媚。
有一隻狗臨產，向另一隻狗求助，
請求允許牠前去那隻狗的窩裡產崽，

牠順利達到目的。當那狗索討窩穴時，
牠又請求再稍許延展幾日，
使牠有可能把那些狗崽撫養結實。
時期又到，那隻狗更堅決地要求
歸還窩穴，這狗說道：「如果你敵得過
我和我的崽子們，我就讓出你的窩穴。」

············· 飢餓的狗 ·············

愚蠢的企圖不但達不到預期的目的，
而且往往還會給圖謀者招來毀滅。
一群狗看見河裡浸泡著一張獸皮，
為了能比較容易地把獸皮拖來吃掉，
牠們便開始喝水，但是在牠們觸及
那獸皮之前，牠們已脹破肚皮死去。

············· 年老的獅子、野豬、牛和驢 ·············

當有人失去往日的尊貴和榮耀時，
甚至怯懦者也會嘲笑他遭遇的不幸。
當獅子度過華年，失去強壯的精力，
苟延最後一口氣息，躺臥不起時，

野豬口泛唾沫走來，用致命的牙齒
不斷攻擊牠，報復往日受到的委屈。
隨即牛也來用牠那堅硬的雙角頂撞
敵人的軀體。驢看見牠們不受懲罰地
傷害那野獸，便抬腿敲擊獅子的額面。
獅子不禁嘆息道：「往昔我甚至不允許
強者嘲弄我，你這個自然創造的醜類，
臨終前遭你嘲辱，於我是雙倍的死亡。」

✦ 021 ✦

⋯⋯⋯⋯⋯⋯⋯⋯⋯ 黃鼠狼和人 ⋯⋯⋯⋯⋯⋯⋯⋯⋯

一次黃鼠狼被人逮住，為能逃避
面臨的死亡，央求道：「請你寬恕我吧，
我能為你的住宅清除可惡的老鼠。」[6]
那人說：「如果你是為我做這件事情，
那我應該感激你，接受你的請求。
現在你忙碌著是想吃掉剩下的一切，
老鼠本身和老鼠想要吃掉的東西，
因此別希望我會因虛假的效勞放了你。」
那人這樣說，便把那無賴交給了死亡。
這則故事說的正是那樣一些人，
他們的本意在為自己謀求利益，
卻向蠢人吹噓自己虛構的功績。

6　當時的古希臘羅馬人尚不知道養家貓捉老鼠。

忠心的狗

意外的慷慨會使愚蠢的人感到高興，
智慧的人卻會看出其中隱含的詭詐。
夜間的小偷給狗拋去一塊麵包，
試探扔過去的食物能不能把狗誘惑，
狗說道：「喂，你想以此封住我的嘴，
不為主人的財產吠叫，你算計錯了，
因為你的這意外的慷慨令我警惕，
你可能利用我的過失為自己謀利。」

脹破自己的青蛙和牛

弱者企圖模仿強者，結果死去。
沼塘裡的青蛙有次看見公牛，
強烈羨慕公牛如此巨大的體魄，
於是使勁鼓起自己起皺的皮膚，
詢問自己的孩子，是否比牛還魁梧。
孩子們回答說不是。牠更使勁地
鼓脹自己的外皮，再次詢問牠們，
誰更魁梧。孩子們稱說仍是牛。
青蛙非常氣憤，當牠越發使勁
鼓脹自己時，牠倒下了，脹破了肚皮。

狗和鱷魚

誰給謹慎小心之人提供壞主意，
誰就是白費辛勞，還會招來嘲辱。
據說狗總是一面奔跑，一面汲飲
尼羅河水，以免被河中的鱷魚捉住。
有隻狗這樣一面奔跑，一面喝水時，
鱷魚對狗說道：「你就安心地喝吧，
不用害怕。」那狗答道：「我本會這樣，
若不是知道你對我的肉口滴饞涎。」

狐狸和鸛鳥

任何人都不要行不義。這則寓言教導，
若有人傷害他人，定會遭相應的懲處。
據說狐狸首先邀請鸛鳥去用餐，
把流動的飲料裝在平敞的石盆裡，
鸛鳥腹飢口渴，但不管用什麼辦法，
始終無法品嘗到那美食的誘人滋味。
鸛鳥回請狐狸，在長頸瓶裡裝滿
糊狀稀粥。牠把長喙伸進那瓶裡，
飽餐一頓，讓客人受盡飢餓的折磨。
當狐狸徒然舔著長頸瓶的脖子時，

我們聽說那外邦的飛鳥當時這樣說：
「一個人應該忍受以己為例的報復。」

◆ 026 ◆

狐狸和老鷹

任何高貴之人也應該畏懼卑賤者，
因為機敏的智慧有能力進行報復。
一次老鷹叼走狐狸的新生幼崽，
放進巢裡，準備給自己的幼雛做食料。
狐狸媽媽趕上老鷹，向老鷹請求，
不要給牠製造如此巨大的痛苦。
老鷹蔑視狐狸，藏身巢窩很安全。
狐狸從祭壇叼來燃燒著的火把，

用熊熊的火焰包圍了整棵大樹，
懲罰小鷹，給自己的敵人製造痛苦。
為了拯救雛鳥免於死亡的危險，
老鷹懇求著把幼崽無恙地還給了狐狸。

·················· 害怕牛爭鬥的青蛙 ··················

強者發生衝突，弱者受難遭殃。
青蛙在沼澤地裡看見眾牛爭鬥，
說道：「啊，怎樣的災難威脅著我們！」
當時另一隻青蛙問牠為什麼這樣說，
那些牛為爭奪對群體的統治發生爭鬥，
牛群也在距青蛙很遠的地方生活。
「牛群確實遠離我們，且並非同族，
但如果有哪隻牛被趕出林間王國，
來到沼澤地藏身，尋找隱蔽的避難所，
那粗壯的蹄子會踐踏我們，把我們踩碎，
因此牠們的瘋狂爭鬥會殃及我們。」

·················· 雀鷹和鴿子 ··················

如果有人接受邪惡之人的庇護，

他想尋找幫助，找到的卻是死亡。
當鴿子常常能夠躲過凶殘的雀鷹，
依靠牠那迅捷的翅膀逃脫死亡時，
惡賊便採用欺騙手段，提出建議，
這樣詭詐地矇騙無自衛能力的族類：
「你們為何寧願這麼恐懼地生活，
而不願立我為王，訂立這樣的盟誓，
讓我保護你們，免遭一切屈辱？」
牠們就這樣相信了，把自己託付給雀鷹。
雀鷹登上王位後，把鴿子一個個吞噬，
用牠那殘忍的爪子維護自己的權力。
有隻倖存者說道：「我們活該受懲罰，
把自己的生命託付給這樣一個強盜。」

················· # 小公牛、獅子和獵人 ·················

獅子站在被擊倒的公牛身上，
有個獵人走來，要求分享一份。
「我本來會給你，若不是你常這樣索要。」
獅子這樣說，趕走了無賴。這時有一位
無害的行人來到獅子所在的地方，
他一看見獅子，立即轉身逃跑。
獅子溫和地說：「你不用這麼害怕，
請大膽地取走你的樸實應得的

一份獎賞。」獅子說完撕下塊脊肉，
跑進叢林，好讓那行人走近獵物。
一個非常出色、值得讚賞的範例：
確實是常常富有者貪婪，貧窮者謙遜。

✦ 030 ✦

············· 人和狗 ·············

有人被一隻凶惡的狗咬了一口，
便把麵包蘸了傷血扔給那隻狗，
因為他聽說這樣能夠治癒傷口。
這時伊索說：「不可當著狗面這樣做，
那樣狗會把我們全都活活地吃掉，
當牠知道罪惡會得到這樣的回報。」
對於許多人，惡人的成就是一種誘惑。

✦ 031 ✦

············· 老鷹、野貓和野豬 ·············

老鷹把巢築在一棵高高的橡樹上，
野貓在樹幹上找到一個洞穴產崽，
生活於林中的野豬在樹下的坑中生育。
這時野貓施以狡詐罪惡的陰謀，
破壞了這種自然和諧的鄰里生活。

牠順樹幹爬進飛禽的巢窩，這樣說：
「你和我可能都將遭到不幸的死亡，
因為你也看見，那隻可惡的野豬
每天都在刨地，想把樹幹刨倒，
讓我們的兒女掉到地上，更容易吃掉。」
牠這樣激起老鷹心中的不安和恐懼，
又爬下樹幹來到長鬃野豬的洞穴說：
「你的孩子們正處於巨大的危險中，
因為當你帶著年幼的豬群覓食時，
老鷹正準備好要抓走你的幼崽。」
這個陰險的傢伙在這個洞穴也引起
恐慌之後，便爬進自己安全的窩穴，
夜裡躡手躡腳地悄悄從那裡爬出，
為自己和自己的孩子們四處覓食，
白天則裝著心懷恐懼不停地張望。
老鷹害怕巢窩傾覆，待在樹枝間，
野豬為躲避劫掠，不敢離開洞穴。
結果怎樣？牠們和兒女都一起被餓死，
為野貓和牠的子女提供了豐盛的食物。
口是心非的人如何經常製造不幸，
愚蠢的輕信者可以從這裡吸取教訓。

老鷹和烏鴉

任何人反對強者都不會安然無恙，
特別是若有人出謀劃策，存心不良。
暴力和邪惡為害，一切都難逃毀滅。
老鷹抓起一隻烏龜飛向空中，
烏龜把身體藏在堅硬的角質小屋裡，
老鷹怎麼也無法傷及隱藏的烏龜。
一隻烏鴉從空中飛來，挨近說道：
「你用爪子逮得一件極好的獵物，
但我若不向你指點如何對付牠，
那你會徒然地被沉重的分量累乏。」
烏鴉於是教導說：只要放開獵物，
從高空拋下，讓堅硬的甲殼撞擊岩石，
龜殼被撞碎，便可輕易地享用美食。
老鷹聽烏鴉這樣說，按烏鴉的話去做，
同時慷慨地分給教導者一份食物。
天生的護衛本來使烏龜安然無恙，
結果悲傷地死去，敵不過兩個對手。

兩隻騾子和強盜

兩頭騾子背負重載行走於旅途，

一頭馱著筐簍，裡面裝著錢財，
另一頭馱著口袋，裡面裝著麥類。
前者傲於自己的馱載，高昂腦袋，
晃動頸脖上掛著的銅鈴響聲清脆；
同行者步履安靜，默默地跟隨在後。
一夥埋伏的強盜突然向牠們撲來，
搏鬥中用鐵刃砍傷了前面那一頭騾子，
搶走了錢財，對便宜的麥類不屑一顧。
那頭遭搶劫的騾子哭泣自己的命運，
另一頭這樣說道：「我高興自己受蔑視，
因為我既沒有丟失東西，又沒有遭傷殘。」
由此可見，貧窮會給人帶來平安，
財富是一切嚴重的不幸和屈辱的根源。

◆ 034 ◆

鹿和牛

鹿在茂密叢林中的藏身處被驚起，
為躲避獵人追捕，擺脫面臨的死亡，
心懷恐懼地跑進鄰近的一座莊園，
非常順利地把自己藏進一處牛廄。
牛對隱藏的鹿詢問道：「不幸的傢伙，
你想幹什麼，心甘情願地奔向死亡，
盲目地把自己的生命託付給人類的居處？」
那鹿懇求道：「只是請你們不要出賣我。

一有機會，我就衝出去跑回樹林裡。」
這時夜晚的昏暗奪去了白天的光明，
牧牛人送來草料，未看見藏身的鹿。
所有的牧人都這樣不斷地來來去去，
誰也沒有注意，甚至連管家走來，
也絲毫沒有覺察。那鹿心裡高興，
熱忱地感謝那些牛一直保持靜默，
在危難時刻，為牠提供庇護的處所。
有頭牛答道：「我們希望你能獲救，
但若是那位長有百隻眼睛者前來，
你的生命將會面臨巨大的危險。」
這時莊園主人用完晚餐返回家來，
因為想到他平日對牛群有失照料，
便來到牛廄：「怎麼就這麼點草料？
麥稈也沒有了。清除這些蛛網，
又該花費多少辛勞？」他四處查看，
無意間發現高高豎起的多杈鹿角，
便立即召來奴僕，吩咐殺死那鹿，
把獵物交給他。這則寓言告訴人們，
主人觀察自己的事情最為敏銳。

✦035✦

·········· 老太婆和酒罈 ··········

老太婆看見一只空酒罈倒在地上，

法勒爾努斯[7]酒渣和優良的陶質罈子
仍然濃烈地散發著令人愉快的香氣。
老太婆伸過鼻子貪婪地嗅了嗅，說道：
「甜美的東西啊，想你昔日該多麼香美，
即便一點點剩餘都如此馥郁撲鼻。」
知道我的人會理解這則故事的含義。

雪豹和牧人

受屈辱者常常會做出同等的回報。
從前有隻雪豹無意中掉進了深坑，
農人們看見後，有的拿著棍棒趕來，
有的投擲石塊，只有少數人心生憐憫，
看到雪豹必然會死去，不願再傷害，
扔給雪豹麵包，好讓牠維持生命。
夜晚來臨，人們紛紛放心地回家，
以為第二天便可看到死去的雪豹。
但那雪豹剛剛恢復衰弱的體力，
便立即靈活地縱身一躍，跳出了深坑，
邁開迅疾的腳步，奔向自己的居處。
僅僅過了幾天，雪豹便走出叢林，
傷害牧人的牲畜，殺死一個個牧人，

7　法勒爾努斯（Falernus）是義大利南部坎佩尼亞省（CamPania）的城市，那裡產
　的葡萄酒非常有名。

迸發的怒火使牠瘋狂地蹂躪一切。
這時憐憫過野獸的人為自己擔憂，
不惜失去財富，但求保全生命。
雪豹說道：「我記得誰用石塊襲擊我，
誰給過我麵包：你們不用擔心害怕，
我回來只與那些傷害過我的人為敵。」

···················· 伊索和農夫 ····················

經驗豐富之人比占卜者更可信，
人們這麼認為，但未說明原因，
我的這則寓言會為你曉明究竟。
農夫的羊群裡產下了一群羊羔，
個個長著人腦袋。農夫為異象驚恐，
心懷憂慮地跑去向占卜師們求問。
一個占卜師答稱那是主人的腦袋
會遭遇危險，唯有獻祭能禳災。
另一個占卜師認為他妻子有外人，
表明那女人將會為他人生兒子，
不過可用豐盛的祭奠祛邪惡。
眾說紛紜，各持一說不相謀，
給憂慮的心靈增加更大的憂傷。
素以感覺敏銳著稱的伊索前來，
天性使他向那人提出應有的忠告：

「蠢人啊，你若是想免除異象，
那就讓你的那些牧人娶妻室。」

賣肉人和猴子

行人看見肉鋪裡掛著一隻猴子，
夾雜在其他肉類和各種食物之間。
行人詢問猴肉口味，賣肉人笑答道：
「有什麼樣的腦袋，就會有什麼樣的滋味。」
我看這話是在開玩笑，並非事情本質，
因為俊俏者中常常不乏邪惡之徒，
形象醜陋者中卻常常會有高尚者。

伊索和尋釁者

順利的結果常使許多人陷入不幸。
有個尋釁者無端向伊索投擲石塊，
伊索說：「這樣很好。」然後給他一阿斯[8]，
補充說：「請神明作證，我身邊就這一點錢。
但我可以指點你從哪裡能夠得到更多。

8　阿斯（ass）是古羅馬最小的貨幣單位。

若富有顯貴之人前來，你也這樣
向他扔石塊，你會得到應有的獎勵。」
那人接受勸告，按伊索的指導去做，
但是希望欺騙了愚蠢的狂妄無禮，
那人被捉住，遭到釘十字架的懲處〔9〕。

◆ 040 ◆
蒼蠅和騾子

蒼蠅蹲在車轅上，對騾放聲大喊，
「你怎麼這麼緩慢，顯然不想快走？
你要當心，我會用刺蜇你的頸脖。」
騾子回答說：「我不會為你的話所動，
我懼怕的是那個在車前椅上就座之人，
他無情地揮動鞭子給我駕上轅軛，
給我的嘴裡戴上掛滿吐沫的嚼鐵。
因此請你收起這無聊的傲慢無禮，
我自知何處該緩慢，何處該快跑。」
真正應受這則寓言嘲弄的是那些
自己無勇氣，卻好作空洞威脅的人。

9　釘上十字架是對罪犯和奴隸的懲處手段。

················· 狼和狗 ·················

我簡明地敘述寓言一則，自由多甜美。
一隻消瘦的狼與一隻肥胖的狗
不期而遇，接著牠們互致問候，
停在路邊：「請問你何以如此油亮？
你吃什麼食物使身體如此壯健？
我遠比你強大，卻餓得快要喪命。」
那狗簡單地答道：「你也會變得這樣，
如果你也能同樣地為我的主人服務。」
狼追問道：「什麼服務？」「讓你看門，
夜間不讓小偷進入主人的住屋。
人們給我麵包，主人從自己的餐桌
扔給我骨頭，僕人們也隨意拋吃食，
他們不想吃的東西都成為我的美味。
就這樣，我不費勁地便可把肚子填滿。」
「這我很願意，因為我現在得忍受
風暴雨雪，在林中過著艱辛的生活。
我能那樣地生活該會是多麼輕鬆：
住在屋簷下，無憂慮地享受充足的食物。」
「那就跟我走吧。」牠們一起走去，
狼看見那狗的頸脖有鎖鏈擦傷的痕跡：
「朋友，那是怎麼回事？」「沒什麼？」「請說說。」
「因為我凶猛，人們白天便把我拴住，
好讓我白天睡覺，夜間能警覺不眠。

昏暗時我被解開，到處遊蕩巡視。」
「如果我想去哪裡，能不能就去哪裡？」
狗答道：「那不行，」「狗啊，你就這樣享受吧，
我不願讓自己受管束而失去自由。」

✦ 042 ✦

·············· 姊妹和兄弟 ··············

接受訓誡以後要經常對照自己。
有人有一個女兒，那女兒非常愚蠢，
還有一個兒子，那兒子俊美無比。
姊弟一起玩兒童遊戲，偶然看了看
安裝在母親的靠背坐椅上的鏡子。
弟弟誇耀自己的容貌，姊姊很生氣，
忍受不了弟弟自吹自擂的玩笑，
把它們統統視為是對自己的嘲辱。
女兒返身跑去找父親，進行報復，
心懷強烈的妒意，極力責備弟弟，
說他身為男孩，卻動女孩的東西。
父親摟住兒子和女兒，親吻他們，
讓他們分享親切的愛撫，對他們說：
「希望你們倆每天都能照照鏡子，
但願你不要讓懶散惡習毀了美貌，
但願你能讓優良的德行勝過外表。」

······················ 公雞和珍珠 ······················

一隻公雞幼雛站在穢堆上，
尋找食物，發現一顆珍珠：
「你多珍貴啊，掉到這地方！
要是有知道價值的人看見你，
你就會立即恢復原有的光輝。
儘管我發現了你，卻是為
尋食而來，於你我均無益處。」
我為不明我之人敘述這寓言。

······················ 工蜂、雄蜂和黃蜂 ······················

工蜂在一棵高大的橡樹上築完巢，
懶惰的雄蜂宣稱那是牠們的住屋。
爭執被提交法庭，黃蜂充任法官。
黃蜂清楚地知道爭執雙方的情形，
便向爭訴兩方提出這樣的條件：
「你們的體形相似，身體顏色相同，
事情出現疑問完全情有可原，
為使判決不會因考慮不周而失誤，
請你們拿走蜂房，把蠟房一一注滿，
以便根據蜜的滋味和蜂房的式樣，

看出誰建造了它們，現在就為此爭論。」
雄蜂拒絕這樣做，工蜂接受條件。
這時黃蜂立即做出了這樣的判決：
「現在很清楚，誰建造了蜂房，誰沒有建造。
因此我把勞動的成果交還給工蜂。」
無須對這則寓言再做什麼解釋，
如果雄蜂對這樣的判決沒有異議。

✦ 045 ✦

·························· 緊張和鬆弛 ··························

有個雅典人看見伊索與一群
頑童們玩耍果核，便站在一旁，
嘲笑伊索昏庸。那伊索卻一向
慣於嘲笑人，而非受人嘲笑，
便把一張鬆弛的弓置於街心：
「聰明人，猜猜我為什麼這樣做。」
人們擁來圍觀，那人久久凝思，
仍不解伊索所設問題的含意，
只好服輸，智慧的勝利者說道：
「若是你總是拉開弓，弓會折斷，
你若是鬆開弦，卻隨時可使用。」
有時人也該讓心靈鬆弛，
好讓它能更好地為你思考。

·············· 蟬和貓頭鷹 ··············

如果一個人不能讓自己友善仁愛，
必然會為自己的傲慢遭受懲處。
蟬作為鄰居令貓頭鷹深感厭煩，
貓頭鷹通常在暗夜裡外出覓食，
白天則潛伏在樹穴中睡眠休息。
貓頭鷹請求蟬不要鳴叫，蟬卻鳴叫得
更加起勁。貓頭鷹又再次提出請求，
蟬越發放聲嘶鳴。貓頭鷹看到自己
孤獨無助，自己的請求被蟬蔑視，
於是便心計狡猾地對蟬絮叨一番：
「由於你的歌聲驅走了我的睡意，
我聽那歌聲如同阿波羅演奏豎琴，
使我渴望把神液呷飲，那是帕拉斯〔10〕
贈我的禮物。你若不嫌棄，也請前來，
讓我們一起飲宴。」蟬也正口渴難忍，
並聽到自己的歌聲很受對方的讚美，
便欣然飛去。貓頭鷹走出自己的洞穴，
追趕上去，把顫抖的蟬交給了死亡。
就這樣，蟬死後給了當時不願給的東西。

---

10 帕拉斯（Pallas）是雅典娜的別稱，貓頭鷹是雅典娜的聖鳥。

····················· **神明選樹** ·····················

從前神明們選擇樹木，讓它們
歸自己保護，朱庇特選擇橡樹，
維納斯〔11〕喜歡香桃木，福玻斯〔12〕喜歡月桂，
希栢利〔13〕喜歡松樹，海克力斯〔14〕喜歡白楊。
米涅瓦〔15〕很是詫異，詢問他們為何
選擇不結果之樹，朱庇特說明原由：
「我們認為，果實難買榮耀。」
「讓他們想說什麼就說吧，
橄欖樹結果實更令我珍愛。」
眾神之父和凡人創造者說道：
「女兒啊，難怪人們都說你聰慧。
我們所賜榮譽若毫無益處，便毫無意義。」
這則寓言教導人們，不做無益之勞。

11 維納斯（Venus）是古羅馬神話中的愛神，相當於古希臘神話中的阿芙蘿黛蒂。
12 福玻斯（Phobus）是阿波羅的別稱。
13 希栢利（Cybele）是小亞細亞女神，被稱為大神母。
14 海克力斯（Hercules）是古希臘神話中的大英雄赫拉克勒斯的拉丁名字。
15 米涅瓦（Minerva）是古羅馬神話中的工藝女神，相當於古希臘神話中的雅典娜。

········· **孔雀和朱諾** ·········

孔雀來到朱諾〔16〕面前,心懷冤屈,
因為女神沒有賜給牠夜鶯的歌聲,
所有的鳥類對夜鶯的歌聲驚服不已,
而牠一張口發聲,便立即招來嘲辱。
這時女神為了勸慰牠,對牠這樣說:
「你以優美的形態超群,以高貴取勝:
寶石的光輝在你的頸脖熠熠閃爍,
斑斕的顏色裝飾你那燦爛的尾羽。」
「若聲音不美,無聲的外表有何用途?」
「命運分配給你們各個不同的方面,
給你外表,給鷹力量,給夜鶯歌聲,
把吉兆賦予渡鴉,把凶兆賦予烏鴉,
每人應滿足於分配給牠的那種才能。」
請你不要追求沒有給你的東西,
以免陷入空洞的希望而滿腹怨恨。

········· **伊索和饒舌者** ·········

伊索獨自侍候主人,
主人要他盡快準備午餐。

16 朱諾(Juno)是古羅馬神話中的天后,朱庇特之妻。相當於古希臘神話中的赫拉。

他去尋找火種，找遍了好幾家鄰人，
最後終於找到火種，點著了油燈。
他為了不像來時繞著彎兒走遠路，
便抄較近的路線：直接穿過廣場，
好趕快回家。人群中有個饒舌者問道：
「伊索，你為何在晴朗的大白天點油燈？」
「我在找人。」他這樣說，便匆匆回家。
那位令人厭煩的饒舌者仔細體會，
終於明白，老人不把他算作是人，
因為他不合時宜地取笑忙碌之人。

◆ 050 ◆
······························ 驢和祭司 ······························

一個人若出生不幸，不僅在世時
生活會淒慘艱辛，甚至在他去世後，
命定的艱難困苦仍會繼續跟隨他。
希栢利的祭司在他們漫遊化緣時，
常常趕著一頭驢，馱著他們的雜物。
在那頭驢死於勞累和鞭打之後，
祭司們剝下驢皮，用它做成一面鼓。
有人詢問他們，他們如何處置了
他們的那隻寵物，他們這樣回答說：
「那驢原以為死後能夠享受安逸，
可牠死後卻繼續遭受別樣的鞭打！」

·························· 狐狸和葡萄 ··························

狐狸受飢餓折磨在高高的葡萄樹下，
使出最大的力氣躍起，想吃那葡萄。
但牠怎麼也得不到，離去時這樣說：
「你還沒有長熟，我可不想吃酸的。」
有些人於事力所不及便言詞詆毀，
應該抄錄這則寓言自省。

·························· 馬和野豬 ··························

口渴的馬前往常去的地方飲水，
野豬在那裡洗澡，把淺灘的水攪渾。
由此發生爭執，啼聲響亮的馬氣憤地
去求人類幫助。牠讓人騎上自己的後背，
興奮地回來打擊敵人。據說那騎馬人
用投槍殺死野豬以後，對馬這樣說：
「我很高興接受了你的請求幫助你，
因為我既得到獵物，又知道你如何有益。」
從此便讓馬不情願地戴起了轡頭。
馬悲傷地說：「我真愚蠢，為一點小事，
去尋求懲罰，卻為自己找到了奴役。」
這則寓言給憤怒的人這樣的教誨：

寧可容忍，也不要把自己託付給他人。

·················· 爬進鐵匠鋪的蝮蛇 ··················

若有人用惡毒的牙齒攻擊更尖銳之物，
願他抄錄這則寓言給自己作借鑑。
一次蝮蛇爬進一處鐵匠作坊。
當牠試探有什麼東西可作食物時，
牠咬住一把銼刀。那銼刀毫不退縮，
說道：「傻瓜，你怎麼用牙齒傷害我？
我的習性是啃咬各種類型的鐵器。」

·························· 狐狸和山羊 ··························

每當狡獪之人陷入危險的境地，
常會從他人的不幸中為自己找出路。
有隻狐狸意外地掉進一口井裡，
高高的井沿使牠怎麼也爬不上來，
有隻山羊口渴，來到那口井邊。
山羊詢問狐狸井水是否甜美，
是否充盈，狐狸要弄欺騙伎倆：
「朋友，快下來，這裡的水實在甜美，

以至於我怎麼喝也沒有覺得喝夠。」
大鬍子隨即跳了下去，狐狸憑藉
山羊高高翹起的犄角，爬上井沿，
把山羊留在井下，困在淺水坑裡。

·· 兩只口袋 ··

朱庇特給我們每個人背上兩只口袋，
把裝著自己過錯的口袋甩在後背，
把裝著他人過錯的口袋掛在胸前。
由此我們不能看見自己的過失，
當別人犯有過錯時，我們秋毫明察。

·· 財神 ··

勇敢的人鄙棄財富理所當然，
因為富有的錢櫃損害真正的榮譽。
海克力斯由於勇敢被接到天庭，
對所有向他致意的神明一一問候，
當普路托斯走來，雖然此神乃命運女神之子，
他卻轉過臉去。天父詢問緣由，
他說：「我憎惡他，因為他與惡人為友，

並且以財富為誘餌，敗壞一切。」

········· 關於人類命運 ·········

當有人抱怨自己的不幸命運時，
伊索編了這樣一則寓言安慰他。
輪船受狂風暴雨襲擊，顛簸於海上，
水手們淚流不止，充滿死亡的恐懼；
突然天空又發生變化，一片晴朗，
海船開始平安地藉助順風航行，
水手們也心情振奮，歡悅無比。
飽經風險而睿智的舵手這時這樣說：
「你們應該高興適度，憂傷有分寸，
因為整個生活包含著憂傷和欣悅。」

········· 傷害善心人的蛇 ·········

幫助為惡者，事後會後悔。
有人撿起一條被寒冷凍僵的小蛇，
放進懷裡溫暖，發善心傷害了自己，
因為那蛇暖和後，立即把那人咬死。
另一條蛇詢問這蛇為什麼這樣回報，

答道：「讓人們知道不要對惡人行善。」

⋯⋯⋯⋯⋯⋯⋯⋯ 西莫尼德斯 ⋯⋯⋯⋯⋯⋯⋯⋯

學者的財富隨身所有。
西莫尼德斯〔17〕寫得一手出色的抒情詩，
為了更容易地緩解貧困的壓迫，
他開始周遊亞細亞各個著名城邦，
吟誦詩歌頌揚勝利者，獲得報償。
在他這樣掙錢，變得富有之後，
他計畫循行海路，返回自己的故鄉，
人們說他原出生於希奧斯島〔18〕。
他登上海船，那船受狂惡的風暴襲擊，
也由於船身陳舊，在開闊的海面被摧毀。
有人忙於藏錢財，有人忙於藏珍寶，
那是生命的保障。這時有人詢問詩人：
「西莫尼德斯，你不拿些自己的財物？」
詩人答道：「我的財富都隨身所有。」
當時只有少數人游起，許多人溺斃於
沉重的背負。強盜襲來，掠走一切，

---

17 西莫尼德斯（Simonides，約前五五六～前四六八）是古希臘著名抒情詩人。據
　說在古希臘詩人中，他第一個以作詩收取報酬，通常認為，「我的財富都隨身所
　有」這句話係古希臘七哲之一比阿斯（Bias，前六世紀中期）所說。
18 希奧斯島（Chius）在小亞細亞西部近海。

倖存者又一文不名。古城克拉佐墨奈[19]
距離不遠，落難人來到那座城市。
有一位市民頗喜好詩詞文章，
由於經常閱讀西莫尼德斯的詩歌，
對這位異域他邦的詩人非常崇敬，
居然根據語言認出詩人，無比熱情地
邀請詩人去他家裡，送給詩人
衣服，錢物，奴隸。其他落難人卻
身掛書板乞討。偶然與他們相遇，
西莫尼德斯說道：「我說過我的財富
都隨身所有，你們奪得的卻盡失去。」

✦ o6o ✦
·············· 大山分娩 ··············

大山分娩，發出異乎尋常的呻吟，
使得整個大地充滿巨大的期待。
結果只生了隻老鼠。這故事寫給這些人，
他們好誇口允諾，結果卻微不足道。

19 克拉佐墨奈（Clazomenae）是小亞細亞西部海濱城市。

······································ 螞蟻和蒼蠅 ························

（這則寓言教導只從事有益的勞動。）
一次螞蟻和蒼蠅發生激烈的爭論，
牠們誰更有益。蒼蠅首先說明：
「你怎麼能拿自己與我們的榮耀相比擬？
我在祭壇上宇宙間逗留於神明的祭品，
不管哪裡有獻祭，我首先品嘗一切，
只要我願意，我時常坐在國王的頭頂，
啜吮貴婦們熱烈誠摯的親吻，
不做任何勞動，享用最美好的食物。
村婦啊，難道你接觸過類似的美食？」
「與神明同席用餐確實榮耀非凡，
可這榮耀只屬於應邀者，不屬招厭者。
你經常光顧祭壇？你一到便會受驅趕。
你提到國王們的腦袋和貴婦們的嘴脣？
對本該緘默的事情你卻自誇不羞慚。
你不用勞作？需要時你會一無所有。
每當我勤勉地收集穀粒貯藏過多時，
我見你在牆壁旁的穢土堆上填肚皮。
當你在嚴寒中瑟縮著被凍死的時候，
我卻安然無恙地藏身於富足的居處。
夏天你不斷煩擾我，冬天你沉默不語。
我的這些話已足以回答你的傲岸。」
這則寓言區分人們的不同特徵，

他們中誰用虛假的榮耀美化自己，
誰以美德作為自己真正的裝飾。

⋯⋯⋯⋯⋯⋯⋯ 行路人和強盜 ⋯⋯⋯⋯⋯⋯⋯

兩個士兵旅途中遇上一個強盜，
一個士兵立即逃跑，另一個站定反抗，
用強健的右臂奮力保護自己的平安。
強盜被打倒，膽小者立即跑過來，
抽出佩劍，摔掉披篷，大聲喊道：
「讓他過來吧，我會使他知道，
他在攻擊什麼人。」這時另一個說道：
「我本希望你至少能用語言幫助我，
對那些話信以為真，作戰更勇敢。
現在請收起佩劍和你那些空話吧，
用來矇騙那些不瞭解你的人們，
我已親自體驗你如何拔腿逃跑，
知道你那股勇氣如何不可憑信。」
這則寓言可以說給這樣的人聽，
他平安時英勇可嘉，遇險時即刻逃逸。

················· 禿子和蒼蠅 ·················

蒼蠅落在一位禿子的光亮腦袋上，
禿子撲打蒼蠅，卻拍了自己一掌。
這時蒼蠅嘲笑道：「你想用死亡懲罰
小小飛蟲的叮咬，你又該如何作自懲，
當你給自己帶來如此不公正的羞辱時？」
那人答道：「我將寬恕我自己的過錯，
因為我知道這不是要故意傷害我。
而你，令人蔑視的族類中邪惡的傢伙，
以汲取人類血液為樂的可鄙東西，
我甚至願忍受更大的不快好讓你喪命。」
這則寓言教導我們，把仁慈給予
偶然過失者，至於那些故意為惡者，
依我看，給予他們任何懲罰都應該。

················· 丑角和村夫 ·················

錯誤的愛好常常會使人們陷入謬誤，
當人們以它為依據做出錯誤的判斷時，
鮮明的事實會使他們不得不悔悟。
有位富人準備舉辦豪華的娛樂，
邀請各類人表演，答應優厚的酬賞，

只要有人能表演各種新奇的節目。
許多表演者紛紛前來競爭榮譽，
其中有一位丑角，精於都市幽默，
聲稱他將表演一個特殊的節目，
那樣的節目從未在劇場表演過。
消息傳開，全城人民為之轟動，
劇場的座位難以滿足人們的需求。
那位丑角登上臺來，獨自一人，
沒有任何道具，沒有任何助手，
期待本身使劇場裡寂靜無聲息。
丑角突然把自己的頭埋進衣襟裡，
放聲模仿豬崽啼叫如此逼真，
以至於以為他把豬崽藏在外袍裡，
要求他抖開衣襟。他按要求展示，
什麼也沒有發現，觀眾稱讚不已，
對他報以經久不息的熱烈掌聲。
這時有位村夫喊道：「請神明作證，
他不可能勝過我。」並且當即宣布，
第二天他將做更出色的類似表演。
觀眾更為擁擠，這時人們的興趣
已不在觀看表演，而在準備嘲辱。
兩人一同登臺，丑角首先模仿豬叫，
引起熱烈的掌聲，激起大聲的歡呼。
這時村夫帶著自己用衣服罩著的
一頭豬崽（其實他確實帶著豬崽，
盡力掩蓋，因為未發現前者攜帶），

他偷偷擰了一下隱藏的豬崽的耳朵，
豬崽痛得用牠本來的聲音嘶叫。
人們大聲叫喊，宣稱丑角模仿得
更加逼真，用木棍把村夫趕出大門。
這時村夫從衣襟下取出那隻豬崽，
用確鑿的證據指出人們可恥的錯誤：
「牠會宣告你們是一些怎樣的評判者！」

············ 公牛和牛犢 ············

公牛的犄角被一座狹窄的門扇卡住，
怎麼也無法穿過那扇門進入牛圈，
牛犢給公牛示範該如何轉過身子。
公牛道：「住嘴，你尚未出生我就知道。」
願人們記住，不要教訓比自己聰慧者。

············ 獵狗、野豬和獵人 ············

在對付各種勇猛迅疾的野獸中，
獵狗一向非常出色地為主人效力，
現在迫於老邁的年紀，開始變得衰弱。
牠一次與一隻毛茸茸的野豬搏鬥，

逮住野豬的耳朵，但業已鬆動的牙齒
使牠張著嘴失掉了獵物，獵人很懊惱，
責怪獵狗。老年獵狗回答獵人這樣說：
「你失望的是我的力氣，不是我的精神，
如果你指責我的現在，那請你稱讚我的過去。」
菲勒圖斯[20]，你知道我為何寫這則寓言。

伊索和作家

有位作家給伊索讀完自己的劣作，
不吝讚語地極力推崇自己的作品。
他很想知道老人持什麼看法，說道：
「難道有什麼令你覺得我言過其實？
我並非徒然對自己的才能充滿自信。」
那作品拙劣至極，伊索受盡了折磨，
說道：「我完全同意你進行自我稱讚，
因為你永遠不可能從其他人那裡聽到它。」

20 男子名。

驢和豎琴

驢看見地上放著一把豎琴，
便走過去伸過蹄子觸擊琴絃。
驢聽見琴聲後說道：「一件好東西，
可是不走運，因為我不通曉技藝。
若是有哪位更為內行之人看見它，
它定會以優美的奏鳴取悅他的耳朵。」
才能常常這樣毀滅於不幸的遭遇。

◆ 069 ◆

兩個新郎

兩個青年同時向一個姑娘求婚，
富有的家境戰勝貧窮的家庭和容貌。
當約定的完婚日期很快到來的時候，
另一個鍾情人忍受不了心中的痛苦，
滿腹愁怨地來到附近的一座園子，
那園子距一座莊園不遠，富有的新郎
將從那裡把姑娘從母親的懷裡接走，
城裡的住所令他覺得過分窄小。
婚禮遊行開始，人們紛紛趨來，

許門〔21〕舉著結婚火炬在前引路。

有隻小驢站在那座園子門口，

那驢經常把窮青年送來這裡。

人們立即把驢牽來交給姑娘，

免得路途艱難損傷了姑娘的嫩足。

突然天空中——準是維納斯大發慈悲——

狂風驟起，霹靂陣陣，電光閃爍，

濃密的烏雲使白晝變成昏黑的夜晚。

光亮從眼前消失，冰雹猛烈襲擊，

使人們一片驚慌發顫，將他們紛紛驅散，

人們四處奔跑，尋找安全的地方。

那隻小驢奔向自己熟悉的住屋，

不斷放聲嘶叫，報告自己的到來。

奴隸們跑來，一眼看見美麗的姑娘，

不勝驚異，隨即前去報告主人。

這時那青年正同幾位朋友飲酒，

想用一杯杯酒釀驅散愛情的愁苦。

當他聽到奴隸的報告，立即高興得

精神振興，受巴克斯〔22〕和維納斯的鼓勵，

在朋友們的一片稱讚中舉行了婚禮。

父母親通過傳令官尋找自己的女兒，

新郎丟失了新娘，心中懊惱不已。

人民在知道了發生的事情之後，

全都認為這是上天神明的恩賜。

21 許門（Hymen）是婚姻之神。
22 巴克斯（Bacchus）是古羅馬神話中的酒神，相當於古希臘神話中的狄奧尼索斯。

········· **牧人和山羊** ·········

牧人一次用棍棒打折了山羊的犄角，
熱切地請求那山羊不要向主人告發他，
「儘管我不該遭損傷，但我可以沉默，
可事實本身會大聲揭露你的過失。」

✦ 071 ✦

········· **蛇和蜥蜴** ·········

一次蛇逮住了轉身逃跑的蜥蜴，
張大喉嚨正想把蜥蜴一口吞噬時，
蜥蜴抓住了一根丟在近處的樹枝，
見那蛇凶狠地咬來，橫插進那蛇的嘴裡，
以巧妙的技藝給蛇的雙頜裝進了嚼口〔23〕。
那蛇不得不徒勞地張嘴放走獵物。

✦ 072 ✦

········· **雲雀和狐狸** ·········

有一種鳥農人稱其為地窩鳥，

---

23 指馬口中所含的鏈狀鐵片，兩端繫上韁繩，以便駕馭馬匹。

因為這種鳥在地面上做窩營巢；
一次牠與邪惡的狐狸臨面相遇，
牠一見狐狸，便盡可能飛上最高處。
狐狸說道：「你好，請問你為何躲避我？
好像我在草地沒有充足的食物，
蟋蟀、甲蟲、蝗蟲，多得應有盡有，
你對我絲毫不用害怕，我非常讚賞你，
由於你那樸實的習性和高尚的生活。」
歌手回答道：「你做了一番很好的表白，
我和你相平等不是在平原，而是在空中。
請你過來吧，我在這裡把自己託付給你。」

附錄二
《巴布里烏斯寓言》
（選譯）

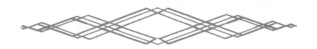

親愛的孩子布蘭科斯，最初生活的
是正義的人類，那時被稱作黃金時期，
據說在那之後出現了的是白銀時期，
現在是繼它們之後的第三個黑鐵時期。[1]
從前黃金時期，其他動物都具有
可以區別音節的聲音，能夠說話，
人們和這些動物可以互相交談，
他們經常在茂密的叢林深處集會。
松樹和月桂樹葉本來都能絮叨，
游行的魚類與航行者親切交談，
麻雀和農人互相交往，理解語言。
然後是可憎的黑鐵時期，最為墮落。
土地不要任何報酬地提供一切，
凡人和神明處於友好交往之中。
就這樣，你若願意，你可以向我們的
智慧老人，步履輕盈的繆斯的朋友，
創作寓言的伊索學習和了解這一切。
我現在就把這些寓言奉獻給你，
作為對我的紀念，它們如香甜的蜜汁，
我使粗劣的抑揚格的枯燥詩行變柔和。[2]

1　有的抄稿為：據說在它們之後出現的是青銅時期，這一時期出現了許多神明般
　　的英雄
2　指用韻律柔和的六音步抑揚格寫寓言。

✦ OOI ✦

獵人和獅子

有一個獵人非常精於挽弓放箭，
他來到山中狩獵，所有的野獸一見他
都紛紛逃跑，腿腳戰慄地頓生恐懼，
唯有獅子勇氣滿懷，站出來挑戰，
要和他搏鬥一番。獵人說道：「請稍候，
不要著急，暫時別考慮勝負問題。
請首先認識一下我的這位使者，
看你對它有何體會。」他這樣說，
站在不遠處射出箭矢。利器穿入
獅子的柔軟肝臟。獅子驚恐地發顫，
立即躥進人跡罕至的密林深處。
牠在那裡遇見狐狸，站在不遠處。
狐狸要獅子停住，保持勇敢的心靈。
獅子說：「請不要矇騙我，誘使我上當。
他派來的使者都令人如此痛苦，
那他本人又該會如何令人恐懼！」

✦ OO2 ✦

丟失了鐵鍬的農夫

有個農夫挖地修整自己的葡萄園，
丟失了使用的鐵鍬，四處探問尋找，

是否是哪個鄰近的農夫把它偷去。
人們一個個否認。他找不到偷鍬者，
便帶領所有的鄰人去城裡莊嚴起誓，
因為他們認為居住在鄉間的神明
無所事事，真正正義的神明住在
城牆裡面，明察發生的一切事情。
正當農夫們來到城市，取下背囊，
在城門邊的泉水裡洗淨自己的雙腳時，
他們聽見傳令官宣告：賞金一千，
如果有誰能指出盜竊神廟的竊賊。
那農夫聽了宣告後說道：「我白來一趟，
這位神明怎麼能知道其他竊賊？
既然他都不知道誰偷竊了他自己，
正在懸賞尋找那場偷竊的知情人。」

✦ 003 ✦

············ 牧人和山羊 ············

一次牧人需要把山羊趕進柵廄，
有些山羊順從地走著，有些不願意。
有一頭不願回廄的山羊在谷地裡
繼續啃著山羊草和乳香樹的鮮嫩綠葉，
牧人從遠處扔了塊石頭，砸斷了羊角。
牧人向山羊請求：「共同為奴的山羊啊，
哪怕看在監護山林的潘神〔3〕的面上，

山羊啊，我請求你不要向主人告發我，
我並非真的誠心瞄準你扔出那塊石塊。」
山羊說：「這樣明顯的事情如何掩蓋？
即使我沉默，這犄角也會大聲疾呼。」

✦ 004 ✦

················ 兩隻公雞 ················

兩隻塔納格拉〔4〕公雞互相爭鬥，
據說公雞的心靈也如人類一樣。
那隻戰敗的公雞渾身帶著傷殘，
躲到房屋的角落裡，飽含羞愧；
那隻獲勝者縱身一跳，登上柵頂，
格格格地撲動雙翅，放聲啼叫。
有隻老鷹見了，把牠從柵頂抓起，
飛上遠空，失敗者滿意地呵護母雞，
享受的快樂勝過失敗感受的屈辱。
人們啊，請不要得意誇口，
若是機遇讓你幸運，超越他人：
不能獲得的成功，有時更為合適。

3 潘神（Pan）是牧神，半人半羊，有人的身體，頭上長有耳朵和兩個角，腿和腳
   則是羊。
4 塔納格拉（Tanagra）是希臘中部波奧提亞（Boeotia）的一個城市，那裡的公雞
   素以好鬥聞名。

······················· 漁夫和魚 ·······················

有一個漁夫不斷往來於整個海岸，
用纖細的葦稈維持自己甜美的生活，
一次用細長的馬鬃釣得一條小魚，
為他的煎鍋取得一個不小的收穫。
那小魚哀求漁夫，極力找口實說服他：
「我對你有何益處？你能把我賣多少錢？
因為我還沒有來得及長大，我的母親
不久前剛剛在這處岩石旁把我生下。
現在你還是放了我，不要白白地殺死我。
待我不斷用這裡的海草填滿肚子，
迅速長大，甚至可用於豐盛的飲宴，
那時你再來這裡，重新把我捉去。」
小魚一面哭泣，一面蹦跳著哀求，
但牠的花言巧語沒有能感動老人。
老人用尖細的葦條把牠穿起，說道：
「誰要是放棄微小卻是確實的利益，
去追求不可靠的希望，那他就是傻瓜。」

······················· 馬和驢 ·······················

有人有一匹馬。他通常牽著那馬，

不讓那馬馱載，卻把所有的負荷
放在一隻老驢背上。那驢就這樣
疲憊至極，走到馬身邊對馬說道：
「但願你能和我分擔一些重負，
你這樣是拯救我，否則我會死去。」
馬答道：「還不快走，不要讓我討厭。」
那驢默默地繼續走路，筋疲力盡，
很快倒下死去，像牠警告的那樣。
這時主人立即來到那驢身旁，
把所有的貨物卸下，放到馬背上，
除了那隻倒下的驢原來負擔的馱載，
還另外加上從那頭驢身上剝下的皮。
那馬說道：「天哪，我的心智真愚蠢，
我原先不想分擔一小部分負擔，
現在我卻必須馱載所有這一切。」

✦ 007 ✦

農夫和燕子

農夫在犁溝裡豎起精細的捕網，
捕得了許多前來啄食穀粒的鶴鳥。
一隻跛足的燕子向農夫請求保護，
因為燕子同那些鶴鳥一起被逮住：
「我不是鶴鳥，我沒有啄食你的穀粒。
我是燕子，翅膀的顏色表明這一點，

所有飛翔的動物中燕子最虔誠孝敬，
我現在正照顧和哺餵我那生病的父親。」
農夫說道：「燕子啊，你的習性如何，
我不知道，然而有一點我卻清楚，
你被我與損壞莊稼的鳥類一起逮住。
我現在將讓你同那些鳥一起死去。」
誰和惡人在一起，便會被人們憎惡，
儘管他並沒有給人們帶來什麼惡果。

✦ 008 ✦
⋯⋯⋯⋯⋯⋯⋯⋯⋯ 狗熊和狐狸 ⋯⋯⋯⋯⋯⋯⋯⋯⋯

狗熊吹噓自己特別喜歡人類，
聲稱牠從不觸動人死後的遺體。
狐狸對牠說道：「我會更加讚賞你，
如果你觸動的不是活人，而是死屍。」
願傷害我的人不要對我的遺體哭泣。

✦ 009 ✦
⋯⋯⋯⋯⋯⋯⋯⋯⋯ 村婆和狼 ⋯⋯⋯⋯⋯⋯⋯⋯⋯

有一個村婆對放聲啼哭不止的孩子
這樣威脅：「別哭，要不然我把你扔給狼。」
狼聽見後以為老嫗說的是真話，

於是留在那裡等候現成的美餐，
直等到那孩子一直睡到傍晚來臨。
那狼難忍飢餓，不斷張嘴打哈欠，
知道被空洞的希望欺騙，離開回去。
與牠同居的母狼這時這樣詢問牠：
「你怎麼沒有像往常那樣，捕得獵物？」
狼答道：「怎麼能呢？我聽信了村婆的謊言。」

✦ OIO ✦

黃鼠狼和公雞

黃鼠狼想從埋伏中逮住家養的雞，
偽裝成一只皮囊，倒掛在木椿上。
長著彎嘴的聰明的公雞看見黃鼠狼，
大聲尖叫著嘲笑自己的敵人，對牠說：
「我一生中見過許多這樣的皮囊，
但沒有一只長著活黃鼠狼的牙齒。」

✦ OII ✦

博瑞阿斯和海利歐斯

據說一次博瑞阿斯和海利歐斯[5]

5　博瑞阿斯（Boreas）是北風神，海利歐斯（Helios）是太陽神。

發生這樣的爭論：他們誰能剝下
一位行路農人穿著的厚厚的皮襖。
博瑞阿斯首先從色雷斯猛烈地颳來，
心想強行剝下農人穿著的皮襖，
但那人不僅未把它脫下，反而顫抖著，
伸手抓住整個衣襟，把衣服在身上
裹得更緊，把背靠在平整的岩壁上。
這時海利歐斯首先悅人地窺視，
趕走那人身上寒冷引起的戰慄，
然後再逐漸增加熱度照射變暖和。
待那位農人突然感到渾身發熱時，
他自己脫掉身上的衣服，裸露身體。
博瑞阿斯就這樣在爭論中被戰勝。
這則寓言教導說：「孩子，要和藹親切，
以理服人有時比暴力壓服更有效。」

◆ O12 ◆

狐狸和葡萄

暗褐色的葡萄枝蔓延於山腳下，
掛著一串串葡萄。狡猾的狐狸看見
稠密的果實，撐起後腿反覆地縱跳，
極力想讓嘴觸到那些斑斕的果子，
須知它們已成熟，到了收穫的時候。
狐狸已累乏至極，仍未能觸到葡萄，

離去時為減輕心頭的悲傷，這樣說道：
「這葡萄是酸的，如我所料，還沒有長熟。」

·················· 車夫和赫拉克勒斯 ··················

車夫趕著牛拉的大車去村鎮。
大車陷進了一個空空的深坑裡，
大聲呼喊幫助，自己卻站在那裡，
向赫拉克勒斯祈求，在所有神明中，
他對此神最為真誠地膜拜和崇敬。
神明顯現說道：「你也該推動輪子，
催促拉車的牛。既祈求神明，
自己也該動手，否則祈求會白費。」

·················· 太陽結婚 ··················

太陽在炎熱的夏天為自己進行婚禮，
各種動物為神明唱起歡樂的婚歌。
池中的青蛙也紛紛翩翩起舞歌唱，
蟾蜍制止牠們這樣說：「我們現在
不是唱讚歌的時候，應該思慮和憂愁，
因為它現在只一個，便能把池塘烤乾，

如果它這場婚姻再給自己生一個
類似的兒子，我們會面臨怎樣的災難？」
思想輕浮的人們往往會為那些
根本不值得高興的事情歡樂慶幸。

✦ 015 ✦

·············· 兔子和青蛙 ··············

兔子產生一種想法：不再活下去，
一起跳進池塘烏黑渾濁的泥水裡，
因為牠們是世上最最弱小的動物，
心靈怯懦，只有善奔跑這一種長處。
當牠們來到一座寬闊的池塘岸邊，
看見岸邊成群的青蛙見牠們到來，
紛紛屈起後腿，躍進深深的水塘時，
牠們停住了，有一隻兔子壯著膽子說：
「現在讓我們回去吧，我們不應該尋死，
因為我看見還有動物比我們更懦弱。」

✦ 016 ✦

·············· 農夫和白鶴 ··············

白鶴成群，降落在農夫的田地裡，
牠們紛紛啄食農夫新近播下的種穀。

農夫常常拉放未安裝石塊的彈弓，
驅趕鶴群，給牠們造成很大的恐懼。
當白鶴發現農夫只是拉彈空氣時，
牠們便不理會那彈弓，不再逃跑。
農夫不再像以前那樣拉放空彈弓，
而是彈射石塊，殺死了許多白鶴。
白鶴只好飛離農田，互相招呼說：
「我們快走吧，前去俾格米[6]的國土。
看來這個農夫並非像以前那樣，
只是嚇唬我們，他已採取行動。」

✦ ○17 ✦

···················· 黃鼠狼和人 ····················

有人用捕獸器逮住了一隻黃鼠狼，
把牠捆住，想扔進一個水坑裡淹死。
黃鼠狼說道：「看你如何以惡報答
有益之人，我給你捕捉老鼠和蜥蜴。」
那人回答說：「請神明為你作證，可你
殺死我的雞群，蹂躪家裡的一切，
你的危害超過給我們帶來的好處。」

6　俾格米人（Pygmae）是傳說中的侏儒族，居住在北非的伊索比亞。關於白鶴和
　　侏儒族作戰的傳說請參閱荷馬史詩《伊利亞特》第三卷，第三一七行。

·············· 牛和青蛙 ··············

一隻牛來到塘邊喝水，踩死一隻青蛙，
青蛙的母親回來後──當時牠不在旁邊，
詢問其他小青蛙，牠們的兄弟在哪裡。
「媽媽，牠已經死了，就在不久之前，
來了一個四條腿的胖傢伙，牠被踩在
那傢伙的腳掌下斷了氣。」母親鼓起自己，
詢問孩子們，那隻動物有沒有那麼大，
孩子們勸阻母親：「快停住，不要鼓脹，
那樣你很快會把自己脹成兩半，
在還沒有脹得像那個傢伙之前。」

·············· 赫爾墨斯和雕刻匠 ··············

有人用白大理石雕赫爾墨斯像出售。
有兩個人來市場購買，一個想用它
為自己不久前剛剛死去的兒子做墓碑，
另一個想把它作為神擺在自己的作坊裡。
時間已晚，雕刻匠沒有現成的作品，
便和他們約定，第二天早晨再前來，
交給他們貨物。雕刻匠夜裡入睡後，
夢見赫爾墨斯自己站在夢幻的門檻邊，

這樣說：「想想吧，現在我的命運全靠你，
你可以讓我成死人，也可以讓我成神明。」

···················· 老鼠和黃鼠狼作戰 ····················

從前黃鼠狼和老鼠互相為仇，
經常進行真正的充滿流血的戰爭。
黃鼠狼經常戰勝老鼠。老鼠以為，
牠們經常失敗的根本原因在於
牠們沒有一批出眾超群的將領，
以至於總是隊形混亂地遭遇危險。
於是牠們選出了一些出身高貴、
富有智慧、強大勇敢的老鼠作將領。
將領們組織起戰鬥隊列，把牠們分成
部族、分隊、大隊，如同人間那樣。
在所有的老鼠已經列隊，集合到一起，
有隻老鼠已大膽地召喚黃鼠狼戰鬥後，
將領們從土牆上拔下細長的樹枝，
插到牠們高高的前額上，統率軍隊，
在龐大的老鼠軍隊中最為突出醒目。
但是老鼠臨戰時重又驚慌地逃跑，
牠們紛紛跑進自己的洞穴躲藏；
將領們也想迅速爬進洞裡藏身，
但過長的枝條使牠們無法爬進洞口。

（唯獨牠們一個個被敵人在洞口捉住，）
黃鼠狼為戰勝老鼠建立紀念碑時，
每隻黃鼠狼都拖來一隻為將的老鼠。
這則寓言說明，為了平安地生活，
默默無聞遠比華貴榮耀好得多。

✦ O21 ✦

················· 黃鼠狼和阿芙蘿黛蒂 ·················

有隻黃鼠狼愛上了一個漂亮的年輕人，
各種慾望之母、受尊敬的庫普里斯[7]
允許牠改變形象，變成女人模樣，
一個漂亮的女人，誰見了誰都會喜歡。
那個年輕人一看見，立即心醉神迷，
決定領回家成婚。正在舉行婚宴時，
有隻老鼠從旁邊跑過。新娘一看見，
立即躍起，跳下餐榻去追趕老鼠。
婚宴就這樣結束，厄洛斯[8]也隨即離去，
在精彩的玩笑之後，最終被天性戰勝。

7　庫普里斯（Cupris）是阿芙蘿黛蒂的別名。源自庫普里斯（今塞浦路斯）島名，
　　相傳女神從大海浪花中出生首先來到該島。
8　厄洛斯（Eros）是古希臘神話中的小愛神，掌管愛與情慾，即古羅馬神話中的丘
　　比特。在有些故事裡，他是阿芙蘿黛蒂的兒子。

⋯⋯⋯⋯⋯⋯⋯⋯⋯ 農夫和椋鳥 ⋯⋯⋯⋯⋯⋯⋯⋯⋯

七簇星已經下沉，到了播種的時節，[9]
有個農夫把穀種播進新開的壟溝，
站在地裡看守。這時從空中飛來
一群囂叫的寒鴉和椋鳥，烏黑一片，
鄉間地裡播下的穀種立遭死亡和毀滅。
那農夫身後跟著一個小孩，小孩拿著
空空的彈弓。那些椋鳥聽見人們說到
牠們熟悉的彈子，便立即驚起飛走，
趕緊逃避死亡。農夫想出了新計策，
他把孩子叫到身邊，這樣教導說：
「孩子啊，我們得用計謀對付這幫
聰明的鳥群。當牠們重新飛來的時候，
我會向你要麵包，這時你要記住，
你不要給我麵包，要遞給我彈弓。」
椋鳥重新飛來，落在那塊地裡。
農夫按照預先的約定，向孩子要麵包，
椋鳥沒有飛走。孩子把彈弓和石塊
一起交給農夫，農夫操起彈弓，
或擊中椋鳥的頭頂，或擊折椋鳥的腿骨，
或擊傷翅膀，椋鳥不得不從地裡飛走。
白鶴與牠們相遇，問牠們為什麼逃跑，

9　指秋末冬初。

有隻椋鳥回答說：「你們也趕快逃離
邪惡的人類吧，因為他們互相學會
說的是一回事，做的卻是另一回事。」
（有人做事詭計多端，令人害怕。）

·· 牛和獅子 ··

有三頭牛總是一起在草地吃草。
獅子在一旁悄悄窺視，想捉住牠們，
但牠知道，不可能把牠們一起捉住，
因此便用惡毒的流言蜚語挑撥牠們，
使牠們互相猜忌敵視，將牠們拆散，
再輕易地把牠們一個個變成自己的食物。
如果你想使自己的生活平安無危險，
請永遠愛護自己的朋友，別相信敵人。

·· 老人和兒子 ··

從前有一位年紀已經高邁的老人，
生有許多兒子。他想給兒子們教誨，
因為他感到自己的生命快要終結，
便吩咐他們隨便從什麼地方找來

一捆樹枝。兒子每人都拿來一捆。
「孩子們，你們試試看，用盡力氣
把這些互相捆在一起的樹枝折斷。」
他們無法折斷。「那你們只拿一根
再試一試。」單根的樹枝很容易被折斷。
這時老人說：「兒子們啊，如果你們
也能這樣團結一致，那時任何人
都傷害不了你們，即使他力量強大。
但如果你們彼此不和，各持己見，
那你們每個人便會像單根的樹枝被折斷。」
（對人們來說，兄弟親屬最為重要，
它甚至能使弱小的人們變得很強大。）

✦ 025 ✦
⋯⋯⋯⋯⋯⋯⋯ 狐狸和砍柴人 ⋯⋯⋯⋯⋯⋯⋯

一隻狐狸匆匆逃跑，獵人在後面
緊緊尾追那逃跑的狐狸。狐狸累乏，
看見一個砍柴人，央求說：「救助神在上，
請把我藏在你砍下的這些黑楊樹枝下，
並且發誓：你不會向那獵人告發我。」
砍柴人發誓不交出牠，狐狸藏身於柴堆。
獵人隨即到來，詢問那個砍柴人，
狐狸是否在那裡藏身，或已經逃跑。
砍柴人答稱：「沒有看見」，同時把手指

指向那隻狡猾的東西躲藏的地方。
獵人沒有領會，聽信了砍柴人的話，
離開那裡繼續追趕。狐狸躲過了
危險的時刻，從黑楊柴堆爬了出來，
齜著牙齒，做做媚態，砍柴人對牠說：
「你應該感謝我對你的救命之恩。」
狐狸說道：「怎麼會不呢，我就是證人。
再見吧，你不可能躲過誓言的責罰，
你用言詞救我，卻用手指害我。」
神律明智而堅定：即使有人掩蓋
自己的偽誓，也難逃脫必然的懲罰。

✦ 026 ✦

狼和狐狸

一隻不幸的狐狸倒在惡狼的腳下，
請求活命，看牠年老不要殺死牠。
狼說道：「如果你能說三句真話，
我就以潘神的名義起誓，讓你活命。」
狐狸說道：「首先如果你沒有遇見我，
其次如果你眼瞎，從我旁邊走過，
最後但願你已經到了臨終的時刻，
這樣你就不可能再擋住我的去路。」

·················· 宙斯和猴子 ··················

　　宙斯決定獎賞優生，所有的動物
　　都來到他的面前，他仔細分辨察看。
　　作為漂亮孩子的母親，猴子也來到，
　　把自己裸露的翹鼻子孩子緊緊摟在懷裡。
　　神明們看見小猴，發出一陣哄笑。
　　這時猴媽媽說道：「宙斯評判優勝，
　　對於我來說，這孩子比其他孩子更俊美。」
　　在我看來，這則寓言教導人們，
　　所有的人都認為自己的孩子最漂亮。

·················· 人類和希望 ··················

　　宙斯把所有最美好的東西集中到一起，
　　裝進一只缸裡，鈐上印記，交給人類。
　　缺乏自制力的人類急於想知道
　　那缸裡裝著什麼，揭開了缸蓋，
　　缸裡的東西便四散開去，升向神明
　　居住的地方，飄浮在大地上方飛翔。
　　只有希望留了下來，因為它被
　　放下的缸蓋蓋住。由此只有希望
　　一直與人們同在，預示我們會達到

每一種業已離開我們的美好的結果。

⋯⋯⋯ 宙斯、波賽頓、雅典娜和摩摩斯 ⋯⋯⋯

據說宙斯、波賽頓[10]和雅典娜互相爭論，
他們誰能創造出一件最美好的東西。
宙斯創造了人，動物中的出類拔萃者，
帕拉斯·雅典娜為人類建造了住屋，
波賽頓則創造了牛。摩摩斯被邀請來
為他們裁判，他當時還住在神明中間。
據說這位神明對一切都感到不滿意，
他首先直言不諱地指責那牛的不足，
責怪牛角沒有長在牛眼睛下面，
使牛能看見頂向何處；關於人類，
不足在於胸部沒有可開的門扇，
以便可以就近看見人們的思想；
關於房屋，他認為沒有給房基安裝
用鐵製造的堅固的滾軸，以便隨時
交換居住的地方，遷居異域他邦。
敘述這則故事想說明什麼道理？
這就是：做事切不可迎合嫉妒心理，
好挑剔者對一切都不會完全滿意。

10 波賽頓（Poseidon）古希臘神話中的海神。

················· **掉進罐子的老鼠** ·····················

一隻老鼠掉進未加蓋的粥罐裡，
沉在裡面喘不過氣來，臨死前說道：
「我在這裡吃夠喝足，肚子裡面
裝滿了食物，該是死去的時候。」
（願這隻老鼠的遭遇給人們帶來教訓，
如果有人對有害的美食缺乏自制力。）

················· **英雄** ·················

有一個虔誠之人非常仰慕英雄，
在自己的居處為英雄設置了敬仰的聖地，
舉行祭祀，裝飾祭壇，酹酒祭奠，
經常這樣請求：「你好，尊敬的英雄，
請給與你同住的人帶來種種福運。」
夜間那位英雄在那人的夢中顯現，
說道：「親愛的朋友，任何英雄都沒有
惠賜福運的權力，請你向神明祈求，
我們作為給予者，只能給人們帶來
各種不幸，因此如果你需要不幸，
那就向我請求吧，我會有求必應。
現在你自己判斷，是否還向我獻祭。」

✦ 032 ✦

·················· 灰鶴和孔雀 ··················

一次灰色的鶴鳥和身披金色羽毛的
華麗孔雀發生爭論。鶴鳥辯駁道：
「你嘲笑我的顏色，可我憑這身羽毛
能夠高飛直達星辰和奧林帕斯[11]，
而你那金色羽毛卻像公雞一樣，
只能在地面飛翔，從未能向上高飛。」
我寧願身著破舊衣衫享受榮譽，
而不要身著華麗衣服不名譽地生活。

11 奧林帕斯（Olympos）希臘北部的高山，在希臘神話中它是眾神的住所。

·················· 阿波羅和宙斯 ··················

阿波羅遠遠地射出一箭，對眾神說：
「沒有其他人，甚至宙斯，能射這麼遠。」
宙斯為了取樂，決定和阿波羅比賽，
赫爾墨斯把鬮籤放在阿瑞斯〔12〕的頭盔裡搖晃。
阿波羅按鬮籤首先放箭，他伸手引開
黃金製作的弓弦，弓弦清脆地鳴響，
射出箭矢，直飛到赫斯佩里亞區域〔13〕。
這時宙斯一跨步，便達到那段距離，
說道：「孩子，我往哪裡射，沒有地方。」
宙斯就這樣沒有引弓便獲得勝利。

·················· 神明擇偶 ··················

神明們結婚，一個個成雙結對，
戰神在眾神之後得到最末一個鬮。
戰神娶傲慢女神，唯一的一個鬮，
如人們所言，他也那樣喜歡傲慢，
不管傲慢去哪裡，到處緊緊尾隨。
但願傲慢不要降臨塵世各民族，

12 阿瑞斯（Ares）希臘神話中的戰神。
13 赫斯佩里亞（Hesperia）即西方日落之處，被古代人視為最遙遠的地方。

不要進入人間城市，戲弄百姓；
傲慢足跡所至，戰爭會緊隨其後。
若是我們落入無技藝人的手裡，
會是雙倍的死亡：那時不會缺少
宰牛的屠夫，雖然會缺少廚師。
當人們希望擺脫現有的苦難時，
當心不要陷入更為悲苦的境遇。

❖ ○三五 ❖

···················· 鳥類和穴鳥 ····················

一次空中衣著華麗的神使伊麗絲〔14〕，
向鳥類莊嚴宣布，在神明們的居地
將進行選美大會。鳥類聽到這消息，
個個希望能得到神明賞賜的禮物。
從山羊罕至的高聳懸崖泉流直瀉，
崖下積聚的溫暖泉水清澈見底。
整個鳥類氏族全都去到那裡，
紛紛為自己清理面容，洗刷腳爪，
扇動張開的翅膀，晃顫美麗的冠羽。
這時穴鳥也來到那處泉水旁，牠乃
烏鴉之子，業已年邁，用其他鳥類
遺下的羽毛黏上自己潮溼的脊背，

---

14 伊麗絲（Iris）是彩虹女神，神間的信使。

一人裝飾起所有鳥類的斑駁羽毛，
迅速來到神明面前，比老鷹還美麗。
宙斯見了非常驚異，想賜給牠榮冠，
若不是出生於雅典的燕子〔15〕首先揭露，
扯下穴鳥身上黏著的牠的羽毛。
穴鳥對燕子大喊：「你這是在誣陷我。」
這時斑鳩也來揭露牠，還有鶫鳥，
喜鵲，喜好在墳塋近旁盤旋的鳳頭鳥，
藏身隱蔽處窺伺弱小鳥類的雀鷹，
以及其他鳥類，穴鳥露出了真面目。
（孩子啊，切記用自己的飾物打扮自己，
借他人之物炫耀自己終會失去。）

---

15 根據古希臘神話，燕子是由雅典公主普羅克涅（Procne）變成的。

鳶

鳶原先具有另一種音質尖銳的嗓音。
一次牠聽見馬嘶鳴，覺得聲音優美，
便放聲模仿馬鳴叫，但牠既未能如願地
具有高亢的聲音，也未能再恢復原樣。

生病的烏鴉

生病的烏鴉對悲泣的母親說道：
「母親啊，請不要哭泣，應該去求神明，
使我擺脫可惡的疾病和痛苦折磨。」
母親說：「兒子啊，哪位神明會救助你？
有哪位神明的祭壇沒被你掠奪？」

狗和牠的影子

有隻狗一次從廚房裡偷得一塊肉，
來到河邊，看見河水裡映著一塊肉，
覺得那塊肉比牠嘴裡叼著的要大，
便放掉了這一塊，向那塊肉撲去。

結果牠沒得到那塊肉，又失去這一塊，
只好餓著肚子離開河邊回家去。
（貪得無厭之人的生活不會幸福，
他們在徒然的期望中追逐利益過日子。）

牛和蒼蠅

有隻蒼蠅一次落在彎彎的牛角上，
在那裡徘徊一會兒，營營地對牛說道：
「要是我使你的脖子發沉，我就離去，
離開這裡，落到河邊的一棵黑楊上。」
牛回答道：「你無論留下或是離去，
都與我無干，我都不知道你的到來。」
（令人可笑的是有的人在強者面前
毫無可吹噓之處，卻把自己當強者。）

雲雀和雛鳥

有隻雲雀在地裡做了一個新巢，
清晨經常與貪食的千鳥比賽歌詠，
在濃密的禾堆裡餵養生育的兒女，
待牠們長出冠羽和有力的翅膀好飛翔。

田地的主人前來查看莊稼的長勢，
看見莊稼已開始黃熟，不禁說道：
「已到了召請朋友們幫我收割的時候。」
雲雀的孩子們已長出冠羽，其中有一個
聽見那人的話，向自己的父親提議，
應該考慮另找一個合適的地方安居。
父親說道：「現在還未到搬家的時候，
期待朋友者自己不會急於做事情。」
一次主人又來到地裡，看見穀穗
在炎熱的陽光照耀下業已開始脫落，
認為第二天便應付酬僱人來割禾，
付酬僱人來把割下的莊稼打成捆。
這時雲雀自己對無知的孩子說道：
「孩子們，現在確實到了離開的時候，
因為他要親自動手，不再委託他人。」

············· 獅子和鹿 ·············

獅子發了瘋。小鹿透過樹叢窺視，
悲傷地感嘆：「天哪，我們多麼不幸，
當牠神志清醒時我們都不堪忍受，
牠要是失去理智，又有什麼事不會做？」

············· 膽小的獵人 ·············

有個獵人並不勇敢，卻在山間
濃密的樹林裡循蹤覓跡，追趕獅子。
他在一棵高大的松樹旁遇見砍柴人，
問道：「以女神的名義，請問你是否曾看見
一隻獅子的蹤跡？牠就藏身在附近。」
砍柴人回答說：「神明有靈，你來得真巧，
我現在就把獅子本身指給你看。」
獵人立即臉色發白，牙根發顫，
說道：「無須為我做我不需要的事情，
我說的是足跡，你不必給我看獅子本身。」

·············· 病危的獅子、狐狸和鹿 ··············

獅子生病，躺在山中自己的洞穴，
攤開疲憊無力的四肢，放在地上，
與一隻狐狸關係親密，說出心裡話。
牠對狐狸說：「如果你希望我能活下去——
要知道，我現在很想吃到一隻鹿的肉，
牠就住在村野的松林裡，茂密的樹林間，
可是我現在身體無力，不可能逮住牠——
如果你也有此意，那就請你把牠
趕到我手裡，用你那甜蜜的言語誘騙牠。」
狐狸離開獅子，在村野的林中跳躍，
終於在一塊柔軟的草地上找到那隻鹿。
狐狸首先匍匐致意，再話語問候，
聲稱自己作為使者，帶來了好消息。
狐狸說：「你也知道，獅子與我為鄰，
牠現在疾病纏身，眼看快要命終。
牠反覆考慮，在牠之後誰該成為
獸類之王。野豬確實心靈呆愚，
狗熊又懶惰，豹子性情猛烈暴躁，
老虎高傲自大，喜好荒僻的曠野。
牠認為鹿最合適，可成為獸類之王，
況且鹿不僅儀容尊貴，壽命長久，
而且那角令所有的爬行動物發顫，
那分杈有如樹枝，遠非牛角可比。

我還需要對你多說什麼？你已被選中，
你將成為各種漫遊的野獸的君王。
但願你那時仍能記住我這隻狐狸，
主上啊，是我首先向你報告這消息。
我就是為這事前來，親愛的朋友，再見。
我現在趕回去見獅子，牠可能又在找我，
因為牠現在事事都把我當做參議。
孩子啊，如果你聽從我這個老者的勸告，
我看你現在正應該前去謁見獅子，
坐在牠身旁，牠正生病，給牠以勸慰。
任何微小的事情都會給垂危者鼓勵，
人到臨終時靈魂在他們的眼窩裡。」
狐狸這樣說完。狐狸的這一席話
使鹿心中充滿自負，牠來到獅子的
空闊洞穴，未慮及其中可能的陰謀。
獅子猛然間從臥榻上一躍撲來，
一時間過分心急，伸過爪子只抓著
鹿耳朵的上邊沿。膽怯的鹿驚恐萬分，
立即逃出洞口，奔向叢林深處。
狐狸抬起腳掌失望地互相撲打，
眼看自己的一番辛苦徒勞白費。
獅子不斷地咯咯磨牙，張嘴嘆惜，
因為飢餓和懊惱同時折磨著牠。
獅子重新請求狐狸，希望牠能
再想出一個什麼辦法矇騙那野獸。
狐狸認真思索一番這樣說道：

「你吩咐的事情難辦，但我盡力而為。」
狐狸又如同靈敏的獵狗，循蹤而來，
心中思考著各種可能的陰謀詭計，
不斷詢問途中相遇的每個牧人，
有沒有看見一隻身帶血跡的鹿經過。
見過那鹿的獵人都給牠指示道路，
當牠在林間隱蔽的去處找到鹿時，
鹿奔跑後正喘氣不止。狐狸面無
羞慚之色，直接來到鹿的面前。
那鹿後背和雙膝仍然驚恐得發顫，
心中充滿怒火，開言對狐狸這樣說：
「你又到處追趕我，不管我逃到哪裡。
你這個討厭的傢伙，你自己也會不舒服，
如果你敢走近我，膽敢再對我胡扯。
現在你去矇騙其他無經驗的動物吧，
挑選其他的動物，扶持牠們為王。」
狐狸沒有氣餒，打斷鹿的話說道：
「你這樣倉皇地逃跑顯得自己多麼膽小，
多麼不尊貴？對自己的朋友多麼不信任？
獅子本是想給你提出有益的勸告，
希望預先能使你擺脫懶散狀態，
如臨危的父親，挨近你的耳朵說話。
要知道，牠想向你進行各種訓誡，
即位後如何維持這麼龐大的王國。
可你連無力的爪子抓一下都難忍受，
竟然用力掙脫，結果自己被抓傷。

現在牠非常氣憤，比你更加強烈，
遭你如此不信任，行為那麼輕率，
牠說準備讓狼繼承牠的王位。
天哪，這是一位暴君。我該怎麼辦？
你是我們全體動物災難的根源。
現在走吧，希望你這次能行為體面，
不要再像畜群中的綿羊那麼膽怯。
我以各種綠葉和流泉向你起誓，
我如此赤誠地為你一人盡忠效力；
獅子不是你的敵人，牠真心實意，
想立你為所有動物的全權君王。」
狐狸這樣謊話連篇，再次說服了
鹿的單純心靈，使牠重新走向死亡。
在鹿被帶進獅子洞穴的深處之後，
獅子自己拿鹿美美地飽餐了一頓，
張開大口撕咬鹿肉，吮吸骨髓，
吞噬內臟。這時狐狸站在一旁，
是牠引來的獵物，很想能分享一口，
見鹿的心臟掉下，便偷偷抓過來啃食，
這就是牠辛苦忙碌得到的報償。
獅子一件件地清點過鹿的內臟後，
尋找各件內臟中唯一缺少的心臟，
找遍自己的臥榻，尋遍整個洞穴。
狐狸隱瞞真相，這樣對獅子說道：
「鹿根本就沒有心臟〔16〕，你這是徒然尋找。
既然牠第二次走進獅子的巢穴，

這樣的動物怎麼可能會長有心臟？」

·················· 獅子和野牛 ··················

獅子想出了一個殺死野牛的辦法，
計畫邀請野牛一起享用祭宴，
在牠向偉大的神母獻祭之後。
野牛答應前去，未懷疑獅子有詐。
野牛按約來到，站在獅穴門口，
當牠看見許多銅器皿裝滿熱水，
殺牲用刀和新磨快的剝皮利刃，
洞穴門口只有一隻縛著的公雞，
其他一無所有時，便立即逃回叢林。
後來獅子遇見野牛，加以責備，
野牛說道：「我去過你那裡，可以作證，
你廚房裡的擺設不像是為了獻祭。」

·················· 狼和狗 ··················

有隻狗特別肥胖，一次與狼相遇，

---

16 古希臘羅馬人認為，心臟是人的感覺和思維活動的中心。

狼審視那狗後詢問狗在何處覓食，
體格竟如此魁梧，養得如此肥胖。
那狗答道：「一個富有之人餵養我。」
狼又問道：「你那脖子為什麼發光？」
「那裡的肉被鐵製脖環摩擦變光亮，
主人鍛造那環給我套在脖子上。」
狼聽了回答哈哈大笑，對狗說道：
「這樣說來，我不喜歡那樣的食物，
如果我得為它把我的脖子磨光。」

◆046◆

······· 狼 ·······

狼群中生下一隻強壯高大的狼，
大家都把牠稱作獅子。這樣的榮譽
使牠愚蠢地自負起來，終於離開了
自己的種群，與真正的獅子一起生活。
狐狸看見後說道：「但願我永遠不會
高傲自負得像你現在這麼愚蠢，
因為你在狼群中確實像一頭獅子，
可你同獅子在一起時卻仍然是隻狼。」

·················· 公正地統治的獅子 ··················

從前有隻獅子為王時既不暴戾，
也不殘忍，對一切都不濫用暴力，
主張仁慈和公正，如同人類一樣。
牠們說就在這位獅子為王時期，
林間動物舉行過一次重要集會，
動物間互相指控，進行公正的審判，
所有的動物對牠們的行為都進行了清算，
狼受到小羊的指責，豹受到山羊的指責，
老虎受麋鹿的指責，從此和平相處。
甚至膽怯的兔子也這樣說道：
「我一直盼望能夠出現這樣一天，
那時強者對弱者也能心懷敬畏。」

·················· 生病的獅子 ··················

獅子沒有力量繼續出去狩獵，
因為牠已經年齡高邁，步入老年，
於是牠獨自躺在自己空闊的洞穴裡，
假裝生病，疲乏無力，不斷喘息，
聲音也變得低沉軟弱，嘶啞無力。
消息迅速傳遍了各種動物的窩穴，

聽說獅子身體不佳，心中憂傷，
牠們一個個分別獨自前來探望。
獅子不費勁地把牠們一個個抓住，
大口大口地吞噬，豐腴地度著老年。
心靈聰慧的狐狸看出其中的奧妙，
遠遠地站著詢問：「王上，身體怎樣？」
獅子回答：「我最親近的朋友，你好。
你為什麼不過來，這樣遠遠地站著？
親愛的，快過來吧，走近我，同我這個
快要死去的人好好攀談攀談，說說話。」
狐狸回答說：「請你多保重，恕我離去，
因為這裡斑斑的動物足跡勸阻我，
你無法給我指出任何離開的足跡。」
這樣的人真幸運，他不是靠自己的失利
獲得經驗，而是從他人的不幸中吸取教訓。

✦ 049 ✦

····················· **戴鈴鐺的狗** ·····················

有隻狗常常偷偷傷人，主人給牠
做了一只鈴鐺，拴在牠的脖子上，
使得人們老遠便能知道那隻狗。
那狗晃悠著懸掛的鈴鐺穿過廣場，
自鳴得意。這時有隻年老的母狗
對牠說道：「傻瓜啊，你在炫耀什麼？

那不是為你的善行或仁慈給你的獎賞，
你這樣是在揭露自己的邪惡本性。」

·············· 獅子和狼 ··············

一次狼從廄欄裡叼得一頭小羊，
帶回家去，牠在途中與獅子相遇，
獅子奪走了那獵物，狼遠離獅子站著，
喊道：「你不公正地奪走了我的獵物。」
獅子心中高興，嘲弄地對狼說道：
「你是公正地從朋友那裡獲得這贈禮？」

·············· 獅子和老鼠 ··············

獅子捉到一隻老鼠，想把牠吃掉，
家養的慣偷老鼠感到末日來臨，
低聲嘟囔著，用這樣的話語央求獅子：
「獅子應該捕捉麋鹿和生犄角的牛，
用牠們肥腴的肉餵飽自己的肚子。
若用我做午餐，甚至都不可能碰著
你的上顎，因此我懇求你寬赦我。
我雖然卑微，同樣會報答你的恩惠。」

獅子聽了笑笑，放了乞求者活命。
後來獅子中了鄉間年輕人的圈套，
掉進捕網，掙扎著被捕網牢牢困住。
這時老鼠從自己的洞穴悄悄爬來，
用牠那細小的牙齒咬斷了牢固的網繩，
放走獅子，使獅子得以繼續活命。
故事的含義對於智慧的人們顯而易見：
拯救貧窮者，對他們不要失去信任，
既然連老鼠也能拯救被逮住的獅子。

✦ 052 ✦

小蟹和母蟹

「不要斜著趕路，」母蟹教誨小蟹道，
「不要在潮溼的岩壁上用腳側面爬行。」
小蟹說：「母親啊，你教導我，請你首先
正面行走，我會立即跟隨你那樣做。」

✦ 053 ✦

老鼠和牛

老鼠咬了牛一口。牛感覺一陣疼痛，
追趕那老鼠，老鼠迅速鑽進洞穴，
牛站在牆邊，用角使勁頂那牆面，

直到自己頂累，蹲下後腿臥到地上，
在鼠穴口沉沉睡去。老鼠從洞中看見，
爬了出來，咬了牛一口後重又逃走。
那牛一驚，跳了起來，心中困惑，
不知如何是好。老鼠沙沙地對牠說：
「請你記住，並非總是魁梧者有力量，
有時卑微而弱小者可能顯得更強大。」

✦ 054 ✦

牧人和狗

有個牧人傍晚時把羊群趕進廄裡，
差點把一隻灰狼同羊群關在一起。
狗看見後對他說道：「如果你讓狼
同我們在一起，你還如何保護這群羊？」

✦ 055 ✦

油燈

夜間燈芯吸足了油，對自己的鄰居
欣然自誇，聲稱自己比曉星還明亮，
那是以最明亮的光線照亮一切的星辰。
微風輕輕哨叫著，稍一用勁吹動，
便把那燈吹滅。這時有人把那燈

✦ 319 ✦

重新點燃：「油燈啊，請默默地照明，
那空中星辰的光亮永遠不會熄滅。」

·········· 烏龜和老鷹 ··········

動作緩慢的烏龜一次在沼澤裡
對各種潛鴨、海鷗和鄉間燕子說道：
「但願你們有誰能讓我展翅飛翔。」
老鷹恰好從那裡飛過，對烏龜嘲笑說：
「烏龜啊，你將給我什麼樣的酬報，
如果我讓你升到空中，迅速飛翔？」
「我把紅海裡所有的財富都獻給你。」
老鷹說：「好吧，我教你飛翔。」便翻轉烏龜，
抓起來飛進雲端，從那裡拋向岩石，
把烏龜後背整個甲片摔得粉碎。
烏龜臨死前說道：「我死得完全應該，
我為何要升上高空，為何要飛翔，
既然我連在地上行走都感到艱難？」

·········· 人和赫爾墨斯 ··········

一艘滿載乘客的大船翻入海裡，

有人看見後指責神明太不公平，
因為那船上只有一個邪惡之徒，
那麼多無辜之人卻和他一起死去。
他正這樣說，密密麻麻的一窩螞蟻
一起擁擠著爬來，從他旁邊爬過，
急匆匆地從麥粒上咬下小塊拖走，
有螞蟻咬了那人，那人踩死了許多。
赫爾墨斯站到他面前，用權杖敲擊他，
「你還抱怨什麼？神明作為法官
對於你們，就像你對於這群螞蟻。」

燕子和蛇

深褐色的燕子與人類毗鄰而居，
春天在一處房屋的牆壁上築巢做窩，
那裡是長老法官進行審判的地方，
燕子母親在那裡孵育了七隻雛燕。
（雛燕還沒有長到翅膀顏色變灰暗，）
一條蛇從洞穴中爬來，將那些雛燕
一隻隻吞噬。母親見了無比悲傷，
悲嘆自己年幼的孩子們過早地夭亡，
說道：「天哪，我的命運真是太不幸，
這裡是人類的法律和習俗生效的地方，
我作為燕子，卻遭暴虐，不得不搬家。」

旅人和真理

一個旅人來到荒無人跡的沙漠，
看見真理獨自一人站在那裡，
上前詢問：「尊敬的老人家，你為何
離開我們的城市，居住在這沙漠裡？」
明察一切的真理直言不諱地回答說：
「在早先的日子裡，謊言甚是稀少，
現在他已經深入到每個人的心靈。」
（如果可以這樣說，你也願意聆聽：
現今人類的生活非常邪惡卑劣。）

綿羊、狗和牧人

有隻綿羊指責牧人，這樣說道：
「你剪我的絨毛，把它們收集起來，
你擠我的奶汁，食用凝鍊的奶酪，
我們生育的羊羔為你們擴大羊群，
可我們卻沒有任何補償，吃的仍然是
大地的草類。山間能生長什麼好東西？
牧草矮小，唯有露水使它們生長。
你餵著一隻狗和我們一起，牠又如何？
你讓牠同你一起享用美味的食物。」

那狗聽見羊的怨言，這樣說道：
「如果我不守衛，不和你們同行，
你們便不可能吃到豐盛的牧草，
我圍繞著你們，警覺地巡視一切，
阻止奔跑的強盜和迅疾的惡狼接近。」

✦ 061 ✦

狐狸和狼

一隻狐狸站在離捕夾不遠的地方，
反覆考慮一時難決斷，牠該怎麼辦。
有隻狼在近處看見狐狸站在那裡，
走過來要求狐狸去取捕夾裡的肉。
狐狸說道：「還是你去取那塊肉吧，
因為在我的好朋友中你與我最親近。」
狼一下子跳了過去，當牠彎過身子，
觸動了捕夾機關的槓桿，鬆動了機關，
木棍狠狠地砸向牠的腦門和鼻子時，
狼說道：「如果你送給朋友的是這樣的禮物，
還有哪個朋友會繼續和你交往？」

綿羊和狼

一隻孤單的綿羊猛然間看見有狼，
立即拔腿逃跑，躲進敞開的神廟裡，
因為當時廟裡正舉行節日獻祭。
狼未敢隨後追進那神廟的圍牆，
便站在廟外，大聲叫喊著討好綿羊：
「難道你沒有看見那祭壇沾滿鮮血？
快出來吧，免得有人也把你獻祭。」
綿羊答道：「請不要為我的安全擔心，
我在這裡很好。即使真會那樣，
我寧願作祭牲，也不給狼做午餐。」

蛇頭和蛇尾

一次蛇尾認為不應該再讓蛇頭
在前遊動，不想繼續在後頭跟隨它，
說道：「但願現在輪到我帶頭遊動。」
蛇的其餘部分說道：「你在說什麼？
你這狂妄的傢伙，你沒有眼睛和鼻子，
你怎麼帶領我們遊動？所有的動物
都依靠它們指揮四肢行走遊蕩。」
它們沒能說服蛇尾，健康的理智

被非理智戰勝，後面部分帶領
前面的其他部分，蛇尾成了首領，
拖著整個身軀不辨方向地遊動，
直到從高高的山崖掉進空曠的深淵，
把那脊背在嶙峋的山岩上劃破。
自負一時的蛇尾晃動著自己懇求說：
「尊貴的蛇頭，如果你願意，請拯救我們，
這場可惡的爭論給我們帶來了不幸。
請你仍然回到原先狀態引導我，
我將跟隨你遊動，免得由我引導，
又會讓你不幸地遭受新的災難。」

披著獅子皮的驢

有頭驢把獅子皮披在自己的背上，
宣稱整個人類從此都會畏懼牠。
牠到處奔跑，確實使人們慌忙躲避，
牧場裡的動物見了牠也慌忙躲藏。
驟然颳起一陣風，驢背上披著的獅皮
被颳到地上，人們看出牠乃是一頭驢。
有人用棍子狠狠地揍牠，對牠這樣說：
「你既然是驢，就不該把自己裝成獅子。」

螞蟻和蟬

冬天裡，螞蟻把糧食從深深的洞穴
拖出來晾晒，那是牠夏季做的貯存。
蟬正忍受著飢餓的煎熬，走近螞蟻，
請求借給牠一點糧食，好繼續活命。
螞蟻問道：「那你夏季裡幹什麼了？」
「我可沒有閒著，一直忙著唱歌。」
螞蟻聽了大笑，一面收藏糧食，
一面說道：「你夏天唱歌，冬天就跳舞吧。」

凍僵的蛇和農夫

農夫把一條凍僵的蛇放進懷裡，
溫暖那蛇，但蛇舒展開身子後，
卻纏住農夫的手，致命地咬了一口，
咬死了那個曾經熱心幫助牠的人。
農夫臨死時說了句值得銘記的話：
「我憐憫邪惡之徒，理應受這樣的惡報。」

伊索寓言
【古希臘文全譯本】

作　　者　伊索（Αἴσωπος）
譯　　者　王煥生
文稿編輯　林芳妃
責任編輯　何維民
版　　權　吳玲緯
行　　銷　吳宇軒　陳欣岑　林欣平
業　　務　李再星　陳紫晴　陳美燕　葉晉源
副總編輯　何維民
編輯總監　劉麗真
總 經 理　陳逸瑛
發 行 人　涂玉雲

出　版

麥田出版
115台北市南港區昆陽街16號4樓
電話：(02) 2-2500-0888　傳真：(02) 2-2500-1951
麥田部落格：blog.pixnet.net/ryefield
麥田出版Facebook：www.facebook.com/RyeField.Cite/

發　行

英屬蓋曼群島商家庭傳媒股份有限公司城邦分公司
地址：115台北市南港區昆陽街16號11樓
網址：http://www.cite.com.tw
客服專線：(02)2500-7718; 2500-7719
24小時傳真專線：(02)2500-1990; 2500-1991
服務時間：週一至週五09:30-12:00; 13:30-17:00
劃撥帳號：19863813　戶名：書虫股份有限公司
讀者服務信箱：service@readingclub.com.tw

香港發行所

城邦（香港）出版集團有限公司
地址：香港九龍土瓜灣土瓜灣道86號順聯工業大廈6樓A室
電話：+852-2508-6231　傳真：+852-2578-9337
電郵：hkcite@biznetvigator.com

馬新發行所

城邦（馬新）出版集團【Cite(M) Sdn. Bhd. (458372U)】
地址：41, Jalan Radin Anum, Bandar Baru Sri Petaling,
57000 Kuala Lumpur, Malaysia.
電話：(603) 9056-3833　傳真(603) 9057-6622
電郵：service@cite.my

伊索寓言／伊索（Αἴσωπος）著；王煥生譯．
－初版.－臺北市：麥田出版：
英屬蓋曼群島商家庭傳媒股份有限公司
城邦分公司發行，2022.08
　面；15×21公分
譯自：Μύθοι του Αισώπου
ISBN 978-626-310-264-4（平裝）
871.36　　　　　　　　　111008971

印　　刷　前進彩藝
電腦排版　黃暐鵬
封面設計　莊謹銘
初版一刷　2022年8月
初版五刷　2024年6月

定　　價　新台幣420元
I S B N　978-626-310-264-4
Printed in Taiwan